U0130983

詩人的黃金存摺

楊照

目次

自序

關於這本書，請容我先抄兩段自己過去寫過的文字來說明：

Groucho Marx 的名言：「在我開始講話之前，我有很重要的事要說。」本來因為有重要、非說不可的事，所以才開口的，然而一旦開口了、一旦講了，卻變得不是那樣，這是Groucho Marx 這句話內涵的意義。

或許是講了就覺得不重要了。因為講出來就發現自己講的話沒什麼了不起的，別人已經都講過千百次了，怎麼還會重要呢？或許是無論怎麼講，都無法精確、恰當地傳達原本在內心念頭裡的那份切急重要性，我們明白自己的感受自己的意念多麼重要，但卻怎麼也沒辦法表現出來、傳遞出去。

明瞭這樣的困境，我們會懂得一項弔詭的真理：能把我心裡的感受、肉體的經驗講得最準確、表達得最淋漓盡致的，往往不是我們自己的話、自己的語言。我們需要依賴別人、尤其是依賴詩人，來講我們心中那些在語言之前的重要的事。

你問我：詩和我的關係到底是什麼？為什麼明明那麼喜歡詩、那麼喜歡講與詩有關的事，卻又強調地否認自己是個詩人？為什麼又不贊成喜歡詩的人都去作詩人呢？這中間不是很矛盾嗎？

不矛盾的。我讀詩、我喜歡詩，因為詩，那些對事物或對語言格外敏感的詩人的作品，替我說出心中最重要的事。我只有透過讀自己無論如何寫不出來的詩，只有透過引用既成的詩句，才能真正明瞭、定型自己的心意。詩人的詩，比我自己的語言，更貼近我。

……讀詩就是在讓自己感動的句子前留下印記，以一種神秘的方式據為己有。你不必成為詩人就可以擁有詩；或者說，正因為不是詩人，你可以擁有更多更多不是自己寫，卻與你如此密切呼應的詩。

這是第一段。還有一段：

應該是米瓦許（Czeslaw Milosz）說過的吧，詩人是語言的煉金師。詩人和煉金師一樣，擁有強大驚人的意志力，不接受別人都自然接受的日常平庸、廉價、而且具備高度獨裁性格的語言系統，他們要靠日常語言的材料，創造出原本不屬於日常生活裡所可以擁有的黃金，某種情緒與意義的黃金。

小說比較接近魔術，詩則必定是煉金。因為小說可以靠著虛構的特權，製造讓人看得眼花撩亂的煙霧迷障，變魔術般地操弄現實，贏得掌聲。小說家欺騙、迷惑的，和魔術師一樣，是他的讀者、觀眾們。小說家和魔術師一樣，自己是清醒冷靜的。但詩人卻要面對自己，要說服自己，或者可以說：欺騙自己。他得要找到自己信其為黃金的東西，沒有可以唬弄的，也沒有意義去唬弄。

硬要把不是黃金的東西轉變為黃金，這是煉金師和詩人，同樣值得敬佩的強大意志力。我們驀然理解：煉金術的沒落，與現代詩的興起，在西方幾乎是一起發生的，這或許不是偶然。我們也驀然理解：存在於西方現代詩內部的那股強韌力量，在東西方傳統詩裡都找不到的，也許就是煉金術的借屍還魂。

不過詩，現代詩，顯然比煉金術幸運且成功。因為詩人們不只留下來夢想與努力的紀錄，還留下了大量的，和黃金一樣質純美好，在太陽底下閃閃發光的詩作。真正在平庸、廉價、無聊的日常語言裡，變造出來的無價之寶。

早在十多年前，這兩段話就寫好了，就存在了，也就預言般地解釋了十多年後為什麼我會寫這本書，這本書又為什麼會有這樣的一個書名。

二〇一四年，配合文學電影《他們在島嶼寫作》的發表、放映，我和楊澤有了一場談瘂弦和洛夫的對話，接著我到誠品書店說了我對洛夫其人其作的一些看法。二〇一五年，又有在「齊東詩舍」的四場講座，我自己規劃的總題是「我所鍾愛的台灣現代詩」。因緣際會，迸發出了我多年來對於台灣現代詩的熱切關心，得到了機會讓我得以再度藉由這些詩來說我自己心底最重要的話。

對我來說，這些從年少時便魅惑我的作品，是詩人從平凡經驗中不可思議煉造出來的黃金，是屬於台灣、屬於這個社會，卻總是默默埋藏著的寶藏。絕大部分的台灣人不知道也不在意這份寶藏。我知道、而且我在意。因為這些詩的金質中，包含了我的夢想、我的痛苦、我的超越、我的領悟，幾乎是所有在我有限人生經驗中值得被稱為「智慧」的東西。也因為這些詩，是我燃著台灣本位認同立場時，經常覺得最有自信的驕傲。

這是黃金，一個歷史偶然因素意外創造出的黃金時代產物，卻像是被記進了黃金帳戶中，先是變形為一個幾錢幾兩的數字，不再閃閃發光、眩人眼目，然後這數字這帳戶逐漸被遺忘了，成了我們不知道自己原來擁有過的貴重財產。

我試圖要做的，是找出遺落在抽屜深處的存摺，將一些黃金提領出來，從抽象無聊的數字，還原為陽光下閃爍耀眼的現象。提醒大家，這些寶藏原來一直在，而且這些寶藏比真實的黃金還更有價值，因為它們可以無限制地豐厚每個人的人生錢包，只要你願意打開你的感官，讓詩人與詩幫你煉金，擦亮你原本灰樸黯淡的平凡日子。

孤獨的特權

——周夢蝶

現代詩的「黃金年代」

一九四九年之後的台灣現代詩，成就極高。放入華文文學的範圍中比較討論，乃至於拿來放入龐大的二十世紀西方現代詩傳統，應該都是最能夠發光發亮的表現。到目前為止，包括中國大陸在內，沒有任何一個華人社會，在現代詩的整體成就上，能和台灣平起平坐的，這是我自己當然不免帶有高度偏見，卻絕對誠實的評價信念。

從中文的運用，從運用中文所能表達、承載的訊息多樣性，以及發抒的複雜內在情感，各個不同標準來衡量，台灣的現代詩人都遠遠超越中國大陸、香港、馬華或北美的華人寫作者。我們看不到這些地方有如此密集的詩人與詩作，其平均水準如此之高，而且在時代改變了之後，仍然禁得起不同世代讀者的探索與挖掘。

而在台灣現代詩史上，我另外有一個更強烈的偏見，我尤其看重、尤其高度肯定五〇、六〇年代的台灣現代詩，也就是那批一度在七〇年代被批判為抄襲西方、脫離現實、嚴重缺乏本土社會性的作品。

我所受的學術專業，是歷史、史學，以至於使我在閱讀文學時，不可能擺脫一種自然、自主的歷史的態度，也就是不將作品割離、獨立看待，總是要將它們按照時間排比成文學史，將它們放回文學史的脈絡下來閱讀、來評價。從這樣的角度看，我認定台灣現代詩的「黃金年代」，是大約從一九五六年到一九六五年，這十年的時間。這十年，無論在質或量上，台灣現代詩的成就高度，無與倫比，令人驚訝。

蒐集了愈多文學史的資料，就愈感覺到這十年的特殊之處。許多詩人在這十年間，寫出了他們至今不朽的經典作品。最戲劇性的，是瘂弦，他今天傳世的所有詩作，幾乎都集中在這十年間寫完，然後，突然地，他就停止了詩的創作，再也沒有其他作品了。一九六五年之後，他就幾乎沒有了任何詩作，而且一停筆就停了五十年。但光是那十年的表現，就讓我們今天要談台灣現代詩，無論如何不能漏掉他，不能繞過他輝煌的成績。

其實幾乎同等戲劇性的，是鄭愁予。幾十年過去了，至少讀者和批評者、研究者的反應顯現得很清楚，鄭愁予最好的作品，是他最早出版的《鄭愁予詩集》，一代代讀者熱情擁抱、衷心誦讀；一代代批評者、研究者拿來解讀詮釋的鄭愁予詩作，幾乎都來自於《鄭愁予詩集》。〈錯誤〉、〈情婦〉、〈邊界酒店〉……這些詩，都是鄭愁予二十歲上下就完成的作品。出版了《鄭愁予詩集》之後，也就是過了那段「黃金年代」之後，鄭愁予其實和瘂弦一樣，一度也停止了詩的創作，要過了將近十年，他才又重新提筆，創作了《燕人行》及其後的作品。因為這樣，我們沒有那麼強烈感覺到鄭愁予和那十年之間的緊密關係，以為他一直在寫詩，往往也就誤以為他的詩作是貫串時代、散布在不同年歲間的。鄭愁予是有較長的創作生涯，但無可否認的，他被公認最傑出的詩、最為膾炙人口的詩，其實都落在那十年間。

那十年間，洛夫將所有的詩的創作心力，耗費在《石室之死亡》上，寫出了台灣現代詩史上最詭奇的一頁。十年結束，洛夫也就離開了《石室之死亡》，轉變風格寫別的詩了。他仍然是個創作不懈的詩人，但他自我轉型，成了另一個和那十年、和《石室之死亡》很不一樣的詩人了。

另外，還有一些今天被忽略、被遺忘了的詩人，例如方莘、方思、方旗，這不可思議的「三方」，或黃用，也都活躍在那十年間，十年過後，留下了精彩的篇章，倏然消失。

停歇與繼起

「黃金十年」過去後，瘂弦停筆不寫詩了，事實上，鄭愁予也停筆不寫詩了。洛夫離開了《石室之死亡》，改變了原本琢磨出的風格。

還有周夢蝶。周夢蝶的兩本經典詩作——《孤獨國》和《還魂草》，都寫成於這「黃金十年」間。他的第二本詩作《還魂草》出版於一九六五年。然後，要等三十七年之後，我們才再度看到周夢蝶的下一本詩集。那三十七年中，周夢蝶實質上沒有什麼新作，他在詩壇的活動，幾乎都是環繞著原來的兩本詩集，新的版本、新的翻譯，或是選集中選進了哪幾首詩。

1959 藍星詩社

查看由曾進豐悉心整理的周夢蝶創作年表就能看得出來，一九六五年之後，周夢蝶的詩作，大幅減產。周夢蝶寫過文章表述，一九六〇年前後，是他最瘋狂寫詩、也最多產

1965 文星叢刊

的時候。那個時候，周夢蝶一年可以寫二十首、二十五首詩。以他的個性，以他創作詩的「苦行」方式，那真的是多產了。但過了一九六五年，周夢蝶雖然沒有真正停筆，但詩的產量也就快速跌落到只剩下一年兩首、三首的枯水程度，這也就是為什麼他多年沒有辦法再出版新詩集的根本緣故。

「黃金十年」結束後，許多事情都改變了，台灣現代詩也就走入了一個很不一樣的階段。例如，余光中就是在「黃金時代」倏然告終產生的空檔、空白中崛起的。雖然他和洛夫同樣出生於一九二八年，比鄭愁予、瘂弦都還年長，但在詩的創作上，余光中卻是相對晚熟的。「黃金十年」間，當這些人迸發出難以逼視的創造力，寫出主要以「超現實主義」為依歸的新鮮詩作時，余光中在寫《天國的夜市》、《舟子的悲歌》，承襲一九四九年之前大陸的詩風，笨拙的押韻、陳舊的比擬與意象，實在讓人難以肯定稱道。紀弦、覃子豪、洛夫、瘂弦、商禽、鄭愁予……這些人意興風發、叱吒詩壇時，余光中的詩作相對看起來落伍、格格不入。像是「遺物」，搞不清楚人家已經在寫很不一樣的東西，他的美學與技法卻沒跟上，還留在前一個時代徘徊著。從詩的角度看，他像是還活在三〇年代的大陸，詩的營造與語彙的運用、詩所要傳遞的意念與情感，都沉陷在三〇年代的風格中。

晚熟的余光中要等到一九六五年之後，當「黃金十年」結束，輝煌的詩的集結變得鬆散時，余光中找到了他的天地。去到美國愛荷華，遭遇了美國風起雲湧的青年反抗運動，接觸了Bob Dylan、Joan Baez 等人的反戰民歌，余光中徹底重造了自己的詩的聲音與節奏，寫了原創性驚人的《敲打樂》、《在冷戰的年代》。他又在愛情的感染、召喚下，回頭整理中國古典的意象與韻律，發明了「現代詞」，寫成了獨一無二，讓人無法模仿、難以襲取的《蓮的聯想》。

1969 三民

1984 純文學

也是在「黃金十年」乍然散落之時，原來的小老弟，當時叫葉珊，後來改了筆名為楊牧的詩人，找到了自己的聲音、自己的風格、自己獨特的位置。葉珊從十五歲，還在花蓮中學念書時，就開始寫詩、開始發表詩作，進而來到台北，和許多詩人熟識。他是一九四〇年出生的，比洛夫整整小一輪，和瘂弦、鄭愁予也有將近十歲的差距，雖然他早熟早慧又出道得早，但在「黃金十年」間，他畢竟太年輕，混在一群都比他年紀大的詩人之間，來不及建立自我，更無法對其他人的創作產生影響。

更重要的，葉珊的出生、成長背景，沒有經歷過戰亂、逃亡、流離失所、惶惶不可終日的痛苦與恐懼，他實在進不了這批詩人的內在詩心，也寫不出他們所擅長的那種「超現實主義」作品來。

不過，葉珊／楊牧擁有驚人的詩的直覺，對於聲音與意象的掌握極具天分，一九六五年之後，「超現實主義」暫時退潮，葉珊／楊牧很快就在原來的潮流之外，成功地另闢蹊徑，創造出一種獨特的抒情美感，不只自成一格，進而開啟了台灣現代詩很不一樣的一個抒情傳統。

1976　四季

寫完了最神祕、也最「超現實」的實驗之作——長篇散文詩《年輪》，原來的葉珊化身成為楊牧，告別了自己前一個階段的詩壇身分（poetic persona），昂然且自信地迎向一個詩的新天新地。

葉珊是「黃金十年」中摸索著的少年，游移於自我抒情的衝動，與其他詩人的超現實曲扭心境之間；楊牧則告別了那樣的游移，明確地走向治東西方不同抒情表達於一爐的新風格。

為什麼是詩？

用什麼樣的標準判斷一九五六年到一九六五年所出現的詩是好詩，以至於可以將這十年稱為台灣現代詩的「黃金十年」？除了主觀的喜愛、年少時產生的私人情感之外，有其他的理由嗎？

有，我真切地相信有，而且可以明白地說清楚。

一個重要的理由是：這十年間的台灣現代詩作品，對於為什麼寫詩、詩之所以存在的道理，提供了強而有力的說明與示範。Why poetry？讀詩的人，寫詩的人，問過自己這個問題嗎？對於這個問題有什麼樣可以說服自己、讓自己安心的答案嗎？

為什麼讀詩？為什麼寫詩？人類的社會與文明中，為什麼會產生詩，而且還長期存留在歷史中，沒有消逝、沒有毀滅？這個世界上，尤其在台灣，大部分的人都不讀詩，生活中從來不需要詩，也都還活得好好的，甚至自認比庸人自擾讀詩、寫詩的人都活得更好，不是嗎？這不就足夠向我們證明詩沒有存在的必要性，更沒有存在的必然性嗎？

當我談詩時，我從來不用「新詩」，而是堅持說「現代詩」，儘管有不少人認為「新詩」和「現代詩」是同一回事。這不是單純語言習慣的問題，我的堅持來自於一份信念：詩的關鍵差異，不在「新」、「舊」——產生的時代比較接近我們的叫「新詩」，時代比較久遠的相對就叫「舊詩」。不，詩不是這樣分類的，真正的差異在「現代」與「傳統」。說「現代詩」，指涉這種詩之所以產生、之所以有那樣的內容與面貌，是和「現代性」密切相關的。「現代詩」和「傳統詩」不一樣，不是源於一個比較「新」，另一個比較「舊」，而是因為它們面對的人類情感、人類處境很不一樣，中間經過了「現代性」的中介與衝擊。台灣的現代詩，是全世界現代詩巨大潮流中的一個分支。在精神上、在目的上、在表達方式上，台灣現代詩和西方現代詩之間的關聯，遠緊密於和中國傳統詩間的連結。儘管受到了那麼多攻擊、批判，回到作品本身來看，我們還是必須承認、必須尊重當年紀弦所提出來的「現代派的信條」：

1. 我們是有所揚棄並發揚光大地包含了自波特萊爾以降一切新興詩派之精神與要素的現代派的一群。

2.我們認為「新詩乃是橫的移植，而非縱的繼承」。這是一個總的看法，一個基本的出發點，無論是理論的建立或創作的實踐。

這些現代詩人主觀上要寫的，客觀上寫成的，的的確確是和中國傳統詩截然迥異的詩，他們認同的對象，不只是西方，而且不是西方的傳統，是「自波特萊爾以降」的西方現代。「現代詩」來自「現代人」、「現代主義」與「現代性」。簡化地說，「現代」與「傳統」——不管東西方的哪個「傳統」——最大的差別，就在「個人性」與「獨特性」。

傳統詩有很大一部分屬於工匠式的技藝與訓練，有著清楚明白的規範，要寫傳統詩，就得先習得一套符合規範的本事。中國傳統詩，尤其是近體詩，規範嚴格，近乎嚴苛，講究聲韻、講究平仄、講究對仗，更重要也更根本的，其形式本身，五言、七言，四句、八句，就是一個絕對的、不容動搖的限制。西方傳統詩，也有同樣的限制，音節、音步、步韻，分段詩行的多寡，在在都有規定。一般被譯為「十四行詩」的 sonnet，其實「十四行」只是其中最簡單的一個形式規範而已，並不是將詩寫成十四行一首，就完成了 sonnet，還要符合分段、步韻、主題變化模式，才能被認可為「商籟體」。

先得掌握了形式規範，並能夠自信自豪地展現對於形式規範的運用，才能寫傳統詩。受限於這種集體的、嚴格的工匠技藝要求，無可避免的，傳統詩能寫的、能表達的就必然有著強烈的集體性。百分之八十的內容，是為了符合那大家都同樣遵守的形式規範而來的，頂多只有百分之二十是詩人個別的風格或感受或思想。

傳統詩的趣味、傳統詩的評價方式，和這套形式規範緊密扣連。像是看胡迪尼的終極魔術一樣，傳統詩的根本欣賞角度，在於理解了規範規律之後，驚訝、佩服地看到詩人如何在被手銬腳鐐綁住時，脫身獲得我們自己無法想像、無法在這限制中找到的自由。就像胡迪尼讓自己被繩索牢牢捆住，外面再加上一圈上了鎖的鐵鍊，進入一個木箱，再將木箱投入大水缸裡，在大家屏息以待的氣氛中，他竟然能在溺斃水中之前，神奇地擺脫所有牽扯，自由浮出水面。我們的掌聲與興奮，源自於他先將自己用這種方式綑綁起來，而不在於他創造出什麼東西。

現代詩不是如此。現代詩排除了傳統詩的種種格律限制，回到一個創作上的自由前提假定上——你愛寫什麼就寫什麼、愛怎麼寫就怎麼寫，沒有人綁著你，因而你也不可能藉著掌握並善用形式限制來聲稱成就。這種態度源自於十九世紀後半葉到二十世紀間，西方現代藝術愈來愈突顯了個人性與獨特性。工業化、都市化的發展，將人置入於空前同質性的環境裡。工廠的機器統一流程取代了工匠的個別作業，都市的集體無名生活取代過去鄉鎮的親族鄰里互動關係。如此的個人、自我不斷遭到銷蝕，也就讓人心中、生活裡產生了高度的不安。我是誰？我為什麼是我？我憑什麼是我？我和周遭的人有什麼不一樣？我只是眾多工廠工人、眾多都市居民中的一個，和其他人無從區別，可以被單一數字代換的存在嗎？我要接受、我能安於這樣的非個人處境，抹殺自我，融入眾人，單純作為眾人的一分子？

波特萊爾的歷史地位，就在於他用他的詩、用他的生活，在巴黎快速同質化的關鍵時刻，彰顯了一個傲然不馴的態度。他活在巴黎，卻絕不對巴黎的都市環境讓步、讓渡他的自我獨特性。他拒絕被化約為一個同樣的、沒有可辨識面孔的巴黎居民。他看到的、他書寫的巴黎，始終來自一種不懈地、反抗地努力保存自我獨特性的尖銳眼光。

波特萊爾詩集《惡之華》其中很有名的一首是〈天鵝〉，藉由看到從「巡迴動物園」中逃離出來的一隻天鵝，波特萊爾在詩中建構了層層複雜的時態，表達了他的中心意念：每一個活在都市裡的人，都像這隻天鵝般，懷想著、追尋著自己曾經擁有過的那一片池塘，自在生活的基本環境，然而在都市裡，你永遠找不回那片池塘，只能在一層層堆疊、迴旋的時間中，一直無奈地哀嘆。

1977 純文學

波特萊爾詩中傳遞了重要的訊息：正因為活在一個必然矮化、進而取消自我個別性的環境中，我們更不能認輸、放棄。你知道你會輸，但你可以、你必須透過藝術、透過詩，來表現你的抗拒，維持你的個人個別性尊嚴。

「從波特萊爾以降」，詩，現代詩是一個無奈、無望、絕望，卻充滿了超越性追求活力的姿態。

這是我對現代詩來歷的認識，也是對於為什麼會產生和傳統詩截然不同的現代詩的解釋。

語言的獨特性和獨特性的語言

為什麼現代詩要創造和傳統詩很不一樣，也和日常生活所使用的很不一樣的語言？因為我們無法用一般、通俗、大家都在使用、使用了幾百年上千年的語言，來表達個人的、獨特的感受與想法。如果我們接受了日常語言、傳統語言作為表達的工具，我們就等於棄守了個人性、獨特性的立場，讓自己變成「庸眾」的一份子。

有人會將台灣當下流行的一些語言習慣：「做一個……的動作」、「關於……的部分」、「所謂的……」看作是「純正中文」的敗壞，主張要回歸「純正中文」。然而，從現代藝術、現代詩的角度來看，這些語言最糟糕的地方，不在改變或破壞了「純正中文」，而在其盲目的流行，流行到這樣的說話的人，基本上是不思不考的，其中也就不會有任何自尊、值得尊重的自我表達特色。從這個角度看，「純正中文」，和這些流行語言習慣同樣糟糕，都是要讓人用同樣的一套方法說話，說出沒有個性、沒有獨特性的話來。別人怎麼講，我就怎麼講，對於語言作為自我與個性表達的工具，沒有自覺、更沒有堅持。

這和五〇、六〇年代台灣現代詩所教我的，徹底相反。「黃金十年」的台灣現代詩為什麼那麼精彩？因為內在有著再強烈不過的語言自信與自尊——不要說跟別人一樣的語言，要創造出自己的語言，為了表達自我內在無法被化約為通俗普遍情況的特殊生命經驗。

這才是現代詩最了不起、最有價值的地方。里爾克（Rainer Maria Rilke）在《馬爾特手記》中，有這麼一段談詩、談如何創作詩的文字：

年少青春時寫的詩，不算一回事。要寫詩，你應該用一輩子，而且最好是有幸活了很長的一輩子，來收集你的感官與甜美。

「甜美」或「甜」，和前面的「收集」放在一起，要我們聯想起蜜蜂，應該像蜜蜂般孜孜不倦始終不懈地蒐集並轉化。

如果你活得夠久，蒐集轉化得夠勤勞，到了生命的最後，或許你有機會寫十行像樣的詩。

這麼嚴苛？一輩子不懈的努力，只能換來「十行像樣的詩」？里爾克採用如此戲劇性的表示，為了要驚駭我們好奇認真地聽他接下來的解釋，期待我們因為驚駭、因為好奇，所以可以不只聽，而且跟隨著去體會、去感受他所描述的過程。

詩不只是感情、情緒，人很年輕時就有了感情，詩是經驗。單是為了寫好一首詩，你必須看過許多城市、許多人，看過「東西」。

這裡里爾克的「東西」，用的是特別的集合形式，不是普通的複數型，意味著不只看過各種紛紜的物件，而且能理解、掌握物件和自我主觀之間的某種特殊、神妙關係，這是他創造出的「物件詩」Dinggedichte 的內在精神。沒有任何「東西」是以純粹客觀的形式存在於我們生活中，而必然與我們的主觀感情、感受接觸，被改造成某種獨特，只屬於我們的，主客觀混淆後的「東西」，「物件詩」就是要記錄、探討這種主客混淆的過程與彰顯主客混淆所產生的獨特性質。

你必須看過動物，要感受鳥是如何飛的，要知道一朵小小的花在清晨開放時的姿態。

讀過鹿橋的《人子》嗎？《人子》書中就有一篇寓言般的短文，描寫一朵原野裡的小花，夜晚含苞待放，她知道自己第二天天亮時就要綻放了，於是她興奮地期待著，同時緊張地準備著——該如何開、該如何舒展、該如何把握這一生中唯一最美好的瞬間？她一直想著一直想著，天亮了，原野上開滿了一地的小花，其中就只有一朵繼續含著已經開始枯萎的花苞，沒有開放。你曾經用這種方式對待、想像過自然嗎？

你必須將這樣的記憶召喚回來：進入一個陌生的街區；遭逢一個不預期會遇見的人；早知道必然要來到的離別；

三月時就知道六月畢業，幾年來最要好的同學終將星散；五月男朋友接到了兵單，就知道七月他要入伍，然後兩人的感情、兩人的關係再也不會一樣了。

童年時當這個世界的神祕事物仍然無法被解釋，還有兒時必然要帶給大人的失望與傷害，當他們給了你屬於別人的禮物時。

意味著大人興沖沖地給了你禮物，以為你會樂得跳上跳下，然而那個禮物根本不是你要的，你的反應、你的表情讓他們失望，給了他們傷害。他們笑容滿面地塞過來一隻絨毛熊，結果你癟著臉，氣他們竟然不知道你想要的是火柴盒小汽車。

里爾克提示：我們不只要經歷過這些事，而且要經歷這些記憶儲藏在身體中，擁有需要時可以將這些記憶召喚回來的能力。一種儲藏和召回的準備。童年無知中對事物生成的神祕不解，長大了獲得了知識與經驗，原來神祕的事物不再神祕了，然而你能在周遭都「除魅」了的情況下，將那份魅惑迷疑的感受叫回來嗎？

兒時生病，莫名其妙的開端，經歷了深刻困難的轉折；安靜到彷彿將你攫抓的房間；在海邊的早晨，海的本性本質，複數的、多重的海。

有那麼樣的時刻，我們在海邊醒來，看著大海，突然覺得自己看的不是這一片特定的、具體的海，而是神祕地抽離了現實，在一瞬間，碰觸到了海的本體，抽象的、唯一的海，接著這海卻又瞬間碎裂開來，我們看到的、聽到的，仍然不是這片在時間與空間裡的海，而是各種不同時空的海，奇妙地混雜、堆疊在一起。

深夜趕路的經驗，覺得自己好像被抬了起來，離開了世界，和天上的星星靠得那麼近。

在那個還沒有飛機，沒有長途飛行的時代，里爾克已經藉由他的想像，感受到了聖修伯里筆下的「夜間飛行」旅程了。

你還需要經歷在一個窗戶洞開的房間和剛死去的人共處，窗外世俗的聲音依然響著；許多愛情的夜晚，每一個都和其他的不一樣；女人生產陣痛時的叫喊，對這個世界打開後，蒼白、單薄無重量的女人努力地將自己再度包起來。

即使你都有這樣的記憶，仍然不夠，你必須將它們遺忘，全部遺忘，等待它們回來找你。

當你在記憶時，你是經驗與保留經驗的主體，記憶中的事物是外界刺激你、留在你身上的反應，是客體。等到你遺忘了，記憶消失了，在你喪失了去記憶的主動能力時，部分的經驗以你無法控制的方式，在你無從安排的時間與情境，回來了。莫名、無法解釋、倏然地回來了，變成了一種超越主客的內在真實。去感受的主體，和被感受的客體，兩者徹底合而為一。

只有這樣，你才有資格寫詩——里爾克如是主張。

留給生者的安魂曲

我們不必將里爾克的話當作真理，但他所說的，清楚顯現了現代詩的根本精神。他形容的那種詩，如此寫詩的詩人，不是濟慈、不是拜倫，更不會是李白、杜甫。他描述的，是他的那個時代，十九世紀末到二十世紀初，在歐洲全新誕生的人種——現代詩人。

依循著這樣的精神，我將現代詩視為一種奇特的「安魂曲」。「安魂曲」表面上看，是在安死者之魂，送死者的魂靈離開人世，不再不安流離，不再有騷動。不過，內在實質上，「安魂曲」不是給死者聽的，真正聽到「安魂曲」的，是繼續留在這個世界上的生者、繼續活著的 survivors。「安魂曲」事實上在安生者之魂，藉由儀式、藉由音樂，讓生者能夠接受死亡，接受親友永遠的離去。

現代詩、現代詩人誕生於人受到現代生活激烈變化衝擊的時代，面對的，是空前的集體不安。過去傳統習以為常的生活方式、理所當然的是非對錯判準，在很短的時間中，急速土崩瓦解。人失去了原來的依賴、原來不需疑問的解答，因而焦慮、慌張、躁動、迷惑。

現代詩人和所有現代人同樣感受如此的焦慮、慌張、躁動、迷惑，於是他創造了現代詩，一個沒有固定形式、沒有固定答案的文學形式，來為自己安魂。里爾克就是在描述：什麼樣的人寫詩呢？——或許也可以推衍描述：什麼樣的人讀詩呢？——寫詩的、讀詩的，是一顆顆不安、焦慮、慌張、躁動、迷惑的靈魂。沒有這種靈魂，你不能寫詩，事實上是你不需要寫詩，不需要現代詩。你可以在生活中、社會裡找到太多能夠對你說話、能夠滿足你的東西，沒有詩，你依然可以活得好好的，絕對沒問題。

不安的靈魂需要現代詩，不是來提供解答，而是探索不安的來源、摹寫不安的情狀，現代的不安無法被用任何方式安定下來，我們需要的，而現代詩提供的，是一份面對真實不安的勇氣。寫詩的人和讀詩的人，不同於其他人，其他人都選擇了逃避不安、掩藏不安，掉過頭去不看自己內在的不安、焦慮、慌張、躁動、迷惑。成為現代詩人的人，他們太過敏感，無法逃避；閱讀現代詩的人，他們太過好奇，就算想要假裝自己沒有那樣的內在靈魂，都裝不像，所以會被現代詩吸引。

現代詩是現代詩人為安定自己的騷動靈魂而寫的，最精彩、最迷人的現代詩幾乎毫無例

外，都有著強烈「為自己而寫」的動機，不同於傳統詩「為他人而寫」的出發點。出於「為自己而寫」的安魂需求，現代詩理所當然運用了詩人的「私人語言」，他和自己的對話，他為了自己而或勇敢或膽怯或囂張或絕望地和外在世界對話，要能發揮這種給自己安定心魂、至少是找到一種發抒騷動不安心情的作用，他無法用普通的、一般的語言。

閱讀「真正的」現代詩，我們沒有理由、沒有必要、沒有資格去問：「為什麼你寫的詩我看不懂？」你看不懂，就表示你不是他的讀者，你身上沒有他的不安、他的焦慮，沒有他要自我克服的那份「現代艱難」。現代詩人最難的，不是掌握一套固定的寫詩技法，不是贏來讀者、和讀者溝通，而是說服自己、和自己溝通。讀現代詩，不是去感知詩人要跟我們說什麼，而往往是驚異、意外地發現他所表現的，不管用怎樣的形式，直接撞進你的心中，釋放你自己壓抑的焦慮，或替你描述了、表達了你內在自己都不知該如何讓它成型的曖昧、隱晦情愫。

許多現代詩的共同作用，在於說服詩人自己：這個世界，不管如何瑣碎、無趣、危險、滑溜、醜陋、扭曲，仍然是值得忍耐的，值得繼續跟它周旋下去，仍然有機會找到一點安靜安穩。和詩人活在同樣的時代、類似的環境中，有著同樣的懷疑、類似的沮喪，我們讀到他們寫的詩，也就跟隨著被「安魂」了。

被時代反覆拋擲的靈魂

一九五六年到一九六五年，「黃金十年」間寫現代詩的這些詩人，是台灣歷史上最不安、最焦慮的一群靈魂。他們成長在一個不知和平為何物、不知「正常生活」為何物的中國社會。先是抗日戰爭，接下來立刻爆發了國共內戰，戰爭不放過他們，緊追著他們，而且戰爭給他們帶來愈來愈深的困擾與痛苦。前面，抵抗日本人，打日本人，至少還有一個比較簡單、比較清楚的立場；後面，變成了中國人打中國人，不再有那麼非打個你死我活的理由，偏偏還是進行了兩不相容的死活爭戰。

更慘的是，他們屬於打敗仗的那方，屬於「你死」而不是「我活」的那一邊。年紀輕輕地，他們就被死亡的陰影追趕著，離鄉背井逃到台灣來。台灣是從北而南、從西而東的逃亡路線上的最後一站。再往南，就只剩大海了；再往東，也就只剩大海。逃難逃到台灣，意謂著退無可退，意謂著規避毀滅的最後一個牆角。

這樣的生活，惶惶不可終日。不能向前想，因為不知道明天會怎樣，沒有未來；也不能向後看，因為那是徹底改變了，回不去的家鄉。可是他們又能有怎樣的現實呢？貧窮、艱困、挨餓、受凍、撤退、奔逃，還有，一個陌生、敵意的新居地。

周夢蝶、洛夫、商禽、鄭愁予、瘂弦……毫不誇張地說，他們打睜開眼睛，認識這個世界開始，就沒有離開過戰爭，沒有離開過動亂。他們生命的主調，是不確定，不知道自己明年會在哪裡，會過怎樣的生活，甚至不知道下個月會是如何。

三個月前，他們不知道自己三個月後會集體逃亡到台灣。在台灣，他們不知道什麼時候可以回到大陸，一個月、一年、三年、五年，時間向前流淌，他們也不知道自己最後竟然會終老台灣。

因為那不是他們選擇的。生命中沒有太多事是自己可以選擇的，尤其是愈重要愈關鍵的事。他們的生命特質，是海德格所形容的「被投擲性」，無法解釋、更無法溝通的巨大力量，把他們拋進這個世界，又把他們從這裡拋到那裡，浪頭怎麼來，他們就怎麼被沖刷漂流，一點辦法都沒有。

這樣的生命、生活，當然是不安、焦慮的。但還不只如此，他們連要表達不安、焦慮的自主空間都無法擁有。表達的工具、管道，都是被控制、被監視的。他們沒有權利表達自己的恐懼，也沒有權利表達自己的悲哀，甚至沒有權利表達想家的情緒。

如果表現了害怕，擔心不知道明天在哪裡，擔心毀滅就在時間的轉角，那麼他們很有可能就以「打擊反共民心士氣」的罪名被抓了。如果出於懷鄉，描寫家鄉的美好，流露出多麼希望能夠身處家鄉的感受，那麼他們很有可能就以「為匪宣傳」的罪名，有「投共」企圖的罪名被抓了。

在不確定、恐懼、災難、痛苦之上，還有巨大的政治威權壓抑。沒有合法性，沒有正當而有效的語言、方法來表達如此真實且強烈的靈魂騷動不安。

那十年中，台灣現代詩產生的背景，和西方現代詩誕生的社會、思想、美學條件，因而陰錯陽差地緊緊扣搭在一起。同樣的騷動不安，同樣的無法依賴傳統語言來表達，同樣地迫切需要一股「安魂」的力量，只是台灣現代詩的騷動不安不是源自工業化、都市化帶來的變亂，而是源自更激烈、更戲劇性的戰爭、死亡、毀滅，還有政治上的管制與壓抑。

我的偏見——以非日常語言來探觸靈魂的不安，這種現代詩只能產生於那個時代。少年葉珊雖然和這些人過從甚密，也從他們那裡習得了許多寫詩的手法，然而他寫出來的詩，卻就不是那種模樣，還要再等幾年，葉珊必須自我蛻化為楊牧，從中國古典與西方浪漫主義詩學中尋找到更適合他的抒情養分。葉珊／楊牧身體裡沒有那種根本的、本質性的不安。相較於覃子豪、紀弦、周夢蝶、洛夫、瘂弦、張默、鄭愁予、管管……這些人，花蓮人葉珊／楊牧，是安全的、穩定的。

現代詩的主流價值

一九七二、七三年，台灣文壇掀起了「現代詩論戰」，從香港來的關傑明、唐文標首先發難，指責五〇、六〇年代的現代詩沒有現實性，脫離時代、脫離社會。這樣的論點，很快地被新一代的寫作者、研究者接受，跟進發展，於是台灣文學，尤其是台灣現代詩的主流價值丕然轉變，開啟了後來在「鄉土文學」上大放異彩的現實主義精神。

那是重要的歷史、文學史轉折。但幾十年後回頭看，容我誠實地訴說兩項感受：第一，在那之後所流行的現代詩，當然有許多傑作，我也一路追讀，但相較於之前，那樣的詩，不再是「我所鍾愛的台灣現代詩」。

第二，更重要的，撇開我自己個人主觀好惡不談，七〇年代以降，在五〇、六〇年代的現代詩上冠掛「晦澀」、「脫離現實」的罵名，幾乎變成了不用解釋也不容辯白的定見，實在大有商榷的餘地。

雖然都是台灣現代詩，雖然也不過才相隔十多年的時間，不過七〇年代中期，在文學史上是個關鍵的斷代分野，甚至不只是斷代，而且還是斷裂。現代詩本質上仍然是不安靈魂的產物，但進入七〇年代，台灣社會不再處於那種沒有明天的絕望惶惑狀態中，有了相對的一點安全感。把握那一點點安全感，人離開了那份絕望，進而也就斷裂了去體會、去理解當年那種幽微、陰暗的絕望表現的能力。

快速地，七〇年代新起的詩人與詩，已經無法真正掌握之前「黃金十年」的作品了。不再能夠探觸周夢蝶、洛夫、瘂弦、商禽……這些人的詩的悸動，真正承擔損失的，是我們，是台灣社會。

讀者不再理解他們，他們會被遺忘，相較於他們經歷過、承受過的種種折磨、痛苦，那實在是小之又小的損失，對他們而言。不再有人背誦瘂弦的詩，不再有人被洛夫的《石室之死亡》震撼，不再有人知道商禽是個傑出的詩人……那又怎麼樣？對他們，走過看過許多，已經在人生邊緣上的境界，是沒怎樣。

損失的，是我們，是這個社會。我們這個社會太習慣、太喜歡裝出一副安穩太平的模樣，假定每個人都會、也都應該擁有一份安定的生活，相應也就有一顆安定的靈魂。這樣的念頭不時總在我腦中徘徊不去：如果有更多人接觸過五〇、六〇年代的現代詩，如果我們給予這些不安靈魂的終極產物更高的地位與尊重，如果這份不安躁動的表達能在這個社會上得到更大的空間，那麼每一代每一代必定會有的少數無法安定的靈魂，是不是就能得到多一點的協助、多一點的空間，不必那麼害怕自己的不安，也可以不必受到社會那麼強烈的歧視與迫害？

我為什麼如此鍾愛「黃金十年」的台灣現代詩？裡面有著個人成長的感情因素。多麼幸運，誤打誤撞，我在十幾歲的時候，就讀到這些詩，就跟隨著這些詩探入自己的不安與騷動。他們教會我不要拒絕承認內在的不安，不要刻意去麻木、窒息內在的騷動，他們更替我找出一種誠實面對自己和別人不一樣，自己不屑和別人一樣的青春動盪的態度，進而讓我可以藉由他們的詩句，或藉由笨拙地模仿他們的詩句，獲得了向自己表達困惑、憤怒、疏離、與這個世界格格不入的感受。

如果沒有這些詩，沒有從十三、十四歲就耽讀這些詩的成長經驗，我完全無法想像、不敢想像，當時存在於我心中胸中的苦惱、反抗、叛逆，會把我帶到哪裡去？讓我變成一個被壓在底層的瘋子，還是在一番留下永久傷疤的掙扎後，讓社會將我馴化為一個中規中矩過平庸生活、從眾思考的人？

我對現代詩，尤其是「黃金十年」的這批現代詩，永遠心存感激。是他們幫我在人生中打出一條路，正視自己獨特的不安、騷動，卻又能找到一種方式和那最強烈時必定具有毀滅性的不安、騷動自在相處。是的，不管別人怎麼看，我衷心相信最好的現代詩，具備堅實現代性與現代精神的詩，可以拯救人，拯救那些少數無法理所當然過「正常」生活的人。

從此界到彼界的擺渡者

我算是最後一代看到周夢蝶在武昌街身影的人。比我年輕的人所認識的周夢蝶，必定都是「後武昌街」時代了，那時的周夢蝶給人的感覺，緩慢、沉靜、入定。然而我們不應該忘了，周夢蝶之所以成為如此重要的詩人，畢竟還是因為他曾經有過如此騷動難安的生命歷程。他最精彩的作品，基本上都收在《孤獨國》和《還魂草》兩本詩集中，也就是他從軍中退伍到在武昌街擺起傳奇詩攤那段時間中所創作的。

周夢蝶詩作最核心的特色，是疑惑。他寫詩手法上最突出的，是設問。幾乎每首詩中都有問句，幾乎每個問句都是詩真正的主體，不管問句出現在前面、中段或後面，其他詩句實質上是繞著這個問句、襯托這個問句而形成的。

因而理解周夢蝶的詩，關鍵的線索就在找出他的問題，他問什麼樣的問題，用什麼方式問。

周夢蝶有一首詩，標題是〈擺渡船上〉。「擺渡船」是個清楚且強烈的象徵，從此岸到彼岸。擺渡幫助人越過本來被河流隔絕的兩岸，在交通不發達的時代，河流，尤其是寬一點的河流，使兩岸難以通聲息，彼岸既近又遠，往往在眼界中，同時卻又在經驗外。「擺渡」是從此岸到彼岸，彌縫想像和經驗，唯一的方式。

「擺渡」、渡頭出現在極其曖昧的條件中。河的兩岸如果有堅實的理由形成頻密的互動，那麼人們就會在兩岸間搭起橋來，方便隨時通過，也就不會有「擺渡」，不會有渡口。只有在河出現曲折變化，兩岸變得較為靠近的地方，服務有限、可有可無的渡河需求時，產生渡口和「擺渡者」。「擺渡者」必定帶著一點寂寞、神祕的色彩，他們有很多時間守著空空的船，等不到需要渡河的人；還有，他們來往兩岸，在兩個世界裡都無法安定安居，不屬於那邊，也不完全屬於這邊。

古希臘的神話中形容人的死亡，就是一段從生界到死界的擺渡過程。但丁《神曲》中描述地獄，入口的景象也是一艘又一艘的船，將剛死的人運送過來。在東方，「渡」也是佛教最重要的觀念，佛所成就的，正是將人從無明的痛苦中帶出來，如同裝到一艘船上，從此岸渡到彼岸般，讓人看到光明，遠離此岸的煩惱。

生死、悟化，都是在眼界中卻又在經驗外的分隔，只在幽微、稀有的時刻會從此界到彼界，因而通過的方式，就是「擺渡」，不會是方便來往的橋或路。

赫曼・赫塞在小說《流浪者之歌》（或譯為《悉達多求道記》）中塑造過鮮明、令人難忘的「擺渡」、「擺渡者」形象。小說中悉達多厭惡了城裡充滿慾望的繁華生活，看到籠中的鳥而意識到自己和鳥同樣失去了自由，衝動下他放走了鳥，也離開了城市。但他不知道自己該去哪裡、能去哪裡，他走到河邊，一個沉默不語的「擺渡者」接納了他。此後十六年的時間中，悉達多在河邊擺渡，先是協助「擺渡者」，然後自己變成了一個「擺渡者」。在求道、得道的過程中，聆聽河水的聲音，感受河的無盡流淌，是他的成長、突破關鍵。悉達多能成長、能突破，正就在於弔詭地，他學到了河流看似從來不改變的耐心。

河取消了時間，或說河流顯現了自然的時間（無時間），對照人在時間中變化老去，受到時間與變化的種種折磨，愛與恨與占有與遺憾與遺忘。擺渡船是人造的，擺渡是人的行為，然而在所有的人的行為中，大概找不到一個比擺渡更接近自然，彷彿隨時要融入自然之中的了。悉達多在如此的人為與自然交界處，找到了超越人間痛苦的領悟。

被消解的界線——〈擺渡船上〉

〈擺渡船上〉開頭第一段：

負載著那麼多那麼多的鞋子

船啊，負載著那麼多那麼多

相向和相背的
三角形的夢。

詩一開始讓我們看到擺渡船，但不是看到船上的人，只看到了「那麼多那麼多的鞋子」。在修辭上，這是典型的「換喻」，以部分代替、代表全部，用鞋取代了坐船的人。「換喻」的作用，是突顯部分的重要性，例如最常見的，用「王冠」來代表「國王」，指涉了重點不在國王這個人，而在他的王位，他在這個位子上所具備的尊崇與權力。

也因而，「換喻」必然帶來一份自然的停留叩問：為什麼用這個部分來取代全部，而不是直稱全部，或改選其他的部分？用鞋來代替人，因為上上下下擺渡船的，都是出外、行走的人，從這岸過到那岸去。

我們看到了一雙雙、那麼多那麼多的鞋，難免想問：那人呢？那些應該穿著鞋的人呢？接下來的三行詩，幫我們把「人」補回來，只不過用的仍然還是「換喻」的手法。

穿著這些鞋上到擺渡船的，是一個個的夢想，各種相似或相反的夢想。夢想將這些人帶離開原來的生活、原來的家屋，讓他們上路，讓他們在來回此岸與彼岸的船上，或相向、或相背。要離家或要回家的人，驅策他們行為最大的力量，是夢。

「三角形」是擺渡船的模樣，有船頭有船尾的銳角三角形；「三角形」也是鞋子形狀，前尖後鈍；「三角形」更是夢的形狀，有頭有尾，朝著這個或那個方向。

接下來詩的第二段：

擺盪著——深深地
流動著——隱隱地
人在船上，船在水上，水在無盡上
無盡在，無盡在我剎那生滅的悲喜上。

後面兩行，很簡單的反覆形式——「X在Y上」，前面順隨著形式的簡單給了關於擺渡這件事再簡單、再自然不過的描述——人在船上，船在水上——，然而接著形式上重複同樣的模式，內容意義上卻戲劇性地大轉彎，由具象寫實轉為抽象，再一轉轉為徹底的主觀——「水在無盡上／無盡在，無盡在我剎那生滅的悲喜上。」

而且短短的兩行間，完全沒有任何激動的語氣，詩意卻就進行了翻天覆地的擺盪，從具體的一艘船，延展到水上，跳躍到無盡，立即又在時間上跳回剎那，並在空間上跳回我，我的悲喜流轉。

然後，在這裡，我們更清楚看到周夢蝶喜歡用、擅長用的另一項詩的技巧，當我們讀完了第二段後面兩行，後面兩行的呈現、刺激，改變了我們原先對前面兩行所留下的印象。

周夢蝶的詩，以及許多傑出的好詩，不能單純地線性閱讀，從前面讀到後面，由前面說了什麼來決定後面的意義。經歷了從人到船、從船到水，一下子從有限到無盡再到悲喜生滅的剎那，回頭看，前面兩句詩就不再只是形容擺渡過程的感受了。那刻意用破折號拉出來的形容詞，「──深深地」、「──隱隱地」，就顯然預示了那樣的擺盪與流動，不是、不只是渡河的現實，而是當人帶著夢想在擺渡船上時，無可避免會有的關於人世擺盪、流動的潛意識聯想。

日本人有「浮世」與「渡世」的說法。也許是與他們多湖列島的自然環境相呼應吧，日本人對人世的看法，帶有濃厚的水的意象。不管是浮世或渡世，表層都有一種不安穩的無常調子。乘舟浮沉，總是算不準哪一剎那是起、哪一瞬間是落。可是如果光是看表層的這份無常感，往往錯失了其背後另外更深底蘊的一種信賴與依賴。

周夢蝶探索、連結外在大宇宙和自我意識小宇宙間的關係。讀完〈擺渡船上〉第二段，我們以為他用正面的方式主張外在大宇宙和自我悲喜生滅的小宇宙是可以瞬間統合的，或在某些神妙剎那中變得統一起來。

但再讀下去：

是水負載著船和我行走？
抑是我行走，負載著船和水？
暝色撩人
愛因斯坦底笑很玄，很蒼涼。

問句、問號出現了。兩個問句要顯示的是：如果無盡的大宇宙可以和我的主觀悲喜生滅統合在一起，那也就意味著所有自然及人文的現象，都是我意識上的負擔。我承載著那麼多來來往往的人，他們的行色，更重要，還有他們紛紜、錯雜、矛盾、相反的夢想。每個人的顛倒夢想，原來都是我。大與小、客觀與主觀的神妙統一，帶來的，不是解脫，不是我把自己消除釋放到宇宙中。不，一定存在著相反的可能性，那就是我把別人的悲喜都變成自己的，別人上船又下船了，但他們如水般的無盡悲喜，卻留在我的船上，留在我的身上，由我繼續負載著。

「暝色撩人」，在這裡詩補上了時間條件，這神妙的統一經驗發生在夜色降臨之際，這四個字同時也呼應並解釋了前面第六行的「流動著——隱隱地」，夜色昏明中，船舷邊的水色流盪變得模糊隱約，讓人產生動與靜之間的恍惚錯覺。

一切都「隱隱地」，恍惚錯覺籠罩下，主體和刺激感受的外在現象之間，沒有了差異、沒有了距離；有形、有限與「無盡」也等同起來。原本存在、應該存在的界限消解了。

最後一行突兀地出現了「愛因斯坦」，應該就是指涉相對論中將時間和空間統合起來，將原來我們認為是絕對的時間相對化了的主張。是的，外界、外物不真是具體的，科學都不再保證物的基本存在了，一切變得模糊不確定，面對真相、實象，連愛因斯坦都只能很玄、很蒼涼地笑了笑。科學本來應該給我們答案，然而科學的最高代表，終極的物理知識，愛因斯坦和相對論卻反而站在我們的疑問這一邊，一起動搖、甚至推翻了確切的答案。

非線性的秩序——〈樹〉

周夢蝶的詩，〈樹〉：

等光與影都成為果子時，
你便怦然憶起昨日了。

這不像個開頭，至少不是我們習慣的開頭。這是故事或過程的某個中間點，甚至像是一個句子的後段，讀起來好像我們已經錯過了這句子的前段似的。

這是現代詩，尤其「黃金十年」間台灣現代詩慣用的手法。不要從頭說起，不給讀者平常習慣、預期的，像開頭的開頭，如此清楚傳遞詩的基本訊息——我沒有要講你預期要聽的，你也就不該用平常讀其他文字的被動、理所當然態度來讀這樣的詩。

平常閱讀中不假思索的態度——認定文字就是線性的，從第一個字排到最後一個字，閱讀也就相應是從第一個字讀到最後一個字。前面的字決定後面的字的意思。如此，每當面對文字，讀者心中就不自主感受著一份秩序，一份必然、不可動搖的秩序。

現代詩，出於存在上的真實不安，要記錄那樣的無盡騷動，非得挑戰、動搖這樣的必然秩序不可。陷入這樣根深柢固的秩序裡，就不可能記錄並表達那有待記錄有待表達的無盡騷動。

現代詩不按照由前到後的順序來寫，因而現代詩也就相應假設了不是讓我們由前到後一次讀完的。現代詩迷人之處，一部分也就在呼喚你、要求你把全詩讀過一次後，知道了後面講什麼，再回頭重讀一次前面，於是你驚覺發現，前面的字句中藏著知道了後面才會被揭露、或被改變的意義。現代詩迷人之處，一部分也就在呼喚你、要求你在超過一次的前後前後擺盪閱讀中，尋找、整理出非線性表現裡的秩序，屬於你自己這位閱讀者所感受、所相信的秩序。

儘管有〈樹〉這個標題給了提示，我們還是很難從開頭這兩行「等光與影都成為果子時，／你便怦然憶起昨日了。」清楚判讀這究竟在說什麼。

我們得繼續讀下去，第二段：

那時你底顏貌比元夜還典麗
雨雪不來，啄木鳥不來
甚至連一絲無聊時可以折磨折磨自己的
觸鬚般的煩惱也沒有。

這四行把我們帶回「昨日」、「那時」，現實之前的時光狀態。對照下我們知道了現實是什麼？是樹已成形，一棵有著繁多長長觸鬚的大樹，經歷了花、經歷了果，回頭想起自己的過去。他想起自己還不是一棵樹的時候。

是火？還是什麼驅使你
衝破這地層？冷而硬的。
你聽見不，你血管中循環著的吶喊？
「讓我是一片葉吧！
讓霜染紅，讓流水輕輕行過……」

他想起的，是自己還是顆種子的狀態，埋藏在黑暗的地底，所以說「你底顏貌比元夜還典麗」，最原始元初，沒有任何光亮的夜，徹底、純粹的幽黑。那時他感受不到地表的氣候變化，不會有雨，不會有雪，當然更不會有啄木鳥。

他試圖回憶的，是那份存在於種子中的衝動，驅策他獲得力量衝破既冷又硬的地層，帶著一點訝異，他記起了那份改變環境的勇氣與衝動的來源。

這裡出現了詩裡的關鍵問題：「是火？還是什麼驅使你／衝破這地層？冷而硬的。」以感情而非理智順著這個問題問下去，我們很容易就明白，詩中的「樹」不是真正的樹，毋寧是一種成長了、凝固了的現狀的比喻，問問題的、問題針對的，不會是自然中的樹，而是生活裡的人。

你會「怦然憶起昨日」嗎？你會突然回想，突然好奇自己究竟是怎麼長大的嗎？你有過那份迷離迷失，突然覺得自己竟然能長到今天這樣的歲數，是件不可思議的事，進而一轉折，發現自己之所以能成長，靠的是孩提時、少年時身體裡、心裡的某種強烈的期待吶喊？

讓種子獲得勇氣、獲得力量抵抗地層的，是夢想，希望自己能成為一片葉，而且，是一個追求瞬息之美的夢想。「『讓我是一片葉吧！／讓霜染紅，讓流水輕輕行過……』」只有在葉落飄零之後，流水才會輕輕行過。作為一顆種子，或者明白地說，作為成長中的少年，最吸引我們的，是那樣不切實際的夢想，短暫、飄忽、唯美、不計代價，為了要成為一片葉，一片會凋零掉落，被流水帶走的紅葉，種子找到了奮力發芽的動機，少年找到了成長的理由。

然而經常發生，幾乎毫無例外的，少年長大了，也就將當時追求瞬間之美的夢想遺忘了，他沒有變成一片葉子，而是一棵大樹。

於是一覺醒來便蒼翠一片了！
雪飛之夜，你便聽見冷冷
青鳥之鼓翼聲。

樹，也就是我們，抱持著夢想開啟了成長的時間，找到了活成一個人的勇氣與動力，然而到了某一個點上，我們環顧自己的現實，憶起過往，頹然無奈地發現，這一切已經不是那麼回事了。彷彿「一覺醒來」，我們就變成了一個無聊的大人，原先懷抱著成為一片會凋零、會飄飛的葉子而奮力讓自己發芽的生命，變成了一棵堅固不動，哪裡也去不了的大樹了。

「雪」和「青鳥」的共通之處——他們都能飛，雪在飛，然後青鳥鼓著翅膀，也飛起來了。而且「雪飛之夜」，冬天，若是一片葉，早該在枝上被染紅、帶著豔麗的色彩從枝上脫落，飄到水上，順著流水盪到不知名的遠方，毀壞、腐朽、回到元夜之前的狀態了。

但他卻還在這裡，以樹的身分、以樹的姿態、以被禁錮的形式站在這裡，哪裡也去不了，只能惆悵地感受到停歇在自己身上的青鳥——代表幸福、帶來幸福預兆的青鳥——鼓翼、起飛、離去。

預期和非預期的——〈紅與黑〉的聯作

《還魂草》詩集中，周夢蝶創造了一組標題為〈紅與黑〉的聯作。

現代詩的一項主要精神，在於打破我們習以為常的規律規則，挑戰我們視之為理所當然的現實秩序。周夢蝶的這組詩，以極其簡單的形式鮮明表現出這份精神。組詩的第一首，標題是「一月」；第二首，「二月」。快速翻過去，後面的每一首也都是以月分命名的。我們的習慣預期必然是——喔，這是用月分排列的十二首詩吧，像柴可夫斯基為鋼琴所寫的《四季》組曲一樣，一個月一首，從「一月」排到「十二月」。

然而，周夢蝶不是這樣寫、不是如此安排的。接在「二月」後面的，不是「三月」，而是「四月」。「四月」後面是「五月」，但「五月」後面，又沒有了我們預期該在那裡的「六月」，跳過了「六月」，出現了「七月」。

所以這組詩，不是完整地從「一月」寫到「十二月」，因為某種理由，周夢蝶跳過了其中的幾個月，消失不見的，有「三月」、「六月」、「八月」、「九月」、「十一月」。為什麼跳過這幾個月？那「某種理由」是什麼？帶著這樣的疑惑，我們對於既有的幾首詩的閱讀，會有不一樣的態度，會想要尋找多一點的訊息

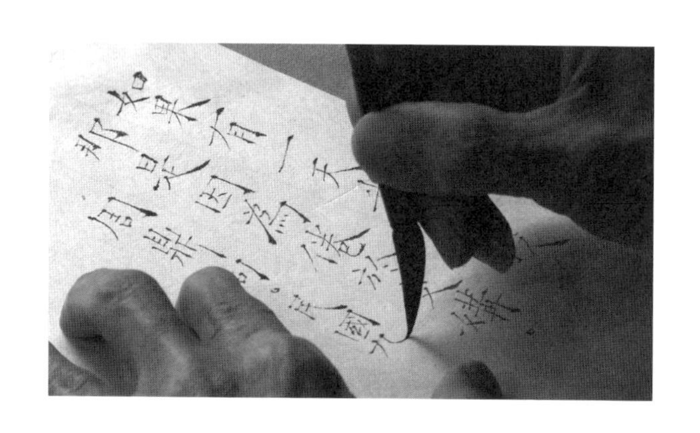

與線索。

還不只如此，按照月分排下來的組詩，並沒有依自然時令結束在「十二月」。「十二月」的後面，周夢蝶寫了「十三月」，一個現實中不存在的月分。

「十三月」中有這樣幾句詩：

每一節抖擻著的神經鬆解了
夜以柔而涼的靜寂孵我
我吸吮著黑色：這濃甜如乳的祭酒
我已歸來。我仍須出發！

悲哀在前路，正向我招手含笑
任一步一個悲哀鑄成我底前路
我仍須出發！

從「一月」到「十二月」，一年走完了，走到了終點，然而，等在終點的，不是本來認定的鬆解、休息，不，「悲哀」不會因為月分已盡就放過我，「悲哀」露著殘酷的微笑，不讓我停下來，「我仍須出發！」

「十二月」之後，不是繞一圈回到「一月」，那是大自然的正常時序輪轉。對活在悲哀中的人來說，「十二月」之後，像是已然疲憊不堪時，卻還得上場打延長賽。預想的結局沒有來，預想的結局之後的和平靜寂也不在那裡，這是人生的「十三月」。

「十三月」不是組詩的最後一首，「十三月」之後，又有了「閏月」，裡面的詩句說：

驟暖的陽光使你神經痙攣，感覺眩暈
好難得的假期——三年纔得一見天日
纔得伸一次唯美而頹廢的嬾腰
纔得哭一次自己的哭，笑一次自己的笑

　　纔得串演一次唯我獨尊的人立
　　像二五零三年前一個嬰兒所串演的

相傳佛陀出生時，腳踏蓮花，向東西南北各踏七步，一手指天，一手指地，做獅子吼：「天上地下，唯我獨尊。」詩中周夢蝶用這個典故，來指涉人能夠獨立自主，作為自我活著。當然，對他而言，能自在活著，就是作為一個忠於自我情感的詩人活著，「伸一次唯美而頹廢的懶腰」，「哭一次自己的哭，笑一次自己的笑」。但這樣的自我自在，卻絕非日常、「正常」，而是如同閏月般，是一般規律以外的破例，是要等三年才得有一次的「不正常」。從一月排到十二月，總是一樣、沒有個性的方式，才是「正常」的，一個人、一個詩人要找到自我、得到自在，只能等著、等著，等到那例外的縫隙出現。

「閏月」仍然不是組詩的最後一首。那麼在「閏月」之後，還能有什麼月分呢？再度出乎意料地，「閏月」之後，是「六月」，而且一首「六月」之後，又再一首「六月」，兩首「六月」之後，還有一首「六月」。連排了三首「六月」，然後來了「六月之外」！

〈紅與黑〉組詩的安排本身，就是詩，依循並示範了詩的邏輯。挑戰著原本規規矩矩、

「正常」的秩序，逼我們去思考他破壞及重組秩序的用意。一到十二月的排列被打破了，代換上另外的秩序，或說另一種秩序的暗示。一共十三首詩，絕對不是凌亂、隨機組合起來的，當我們思考這個另類秩序時，或我們思考為什麼這組以月分命名的詩，卻總稱為〈紅與黑〉時，我們被日常、正常給麻木了的感官就變得活躍、敏銳起來，我們也就從一個平凡平庸的人，變成了一個讀詩的人。或沿用周夢蝶詩中的比喻，時序就進入了不尋常的，插進來、多出來的「閏月」了。

以詩的悲哀征服生命的悲哀

周夢蝶的第一本詩集，最前面出現的是引用「奈都夫人」的話：「以詩的悲哀征服生命的悲哀」，而這本詩集的書名是《孤獨國》。

我們通常以悲哀的態度來看待「孤獨」，然而在詩的世界、尤其是現代詩與現代詩人的世界中，孤獨卻是必須努力去爭取去維護的一份特權。不孤獨的人，就淪落在人群裡，變成庸眾的一部分。「眾人」最大的特色在——他們不疑惑，他們不問問題，至少他們不必問那麼多問題，他們安於現成的答案、既有的秩序。那是「生命的悲哀」。詩與詩人的開端，是問題：「這樣活著就好了嗎？這樣就可以了嗎？」追問問題，追到了那樣一個地方：

這裡沒有嬲騷的市聲
只有時間嚼著時間的反芻的微響
……
這裡白晝幽闃窈窕如夜
夜比白晝更綺麗、豐實、光燦
而這裡的寒冷如酒，封藏著詩和美
甚至虛空也懂手談，邀來滿天忘言的繁星……

一個好不容易孤獨的地方，得以徹底離開眾人式的悲哀，徹底離開充滿答案卻沒有自我生活的地方。以孤獨，詩的悲哀，代換生命的悲哀。

周夢蝶　事記

年份	事記
1920	本名周起述，十二月出生，原籍河南省淅州縣。
1948	離開家鄉妻兒，跟隨軍隊來台
1952	八月二十日，處女作〈一得之愚〉刊登於《中央日報》副刊。
1953	五月二十日，於《青年戰士報》發表第一首詩作〈皈依〉；十月十七日《中央日報》又刊出〈無題〉一詩。
1954	加入「藍星」詩社。十月，作品陸續於《創世紀》詩刊發表。
1956	「創世紀」詩社出版《中國新詩選輯》，由張默、洛夫主編，〈無題〉二首被選錄。同年開始於《藍星週刊》發表作品。
1959	四月一日取得營業許可證，開始在「明星」咖啡屋騎樓下，擺設書攤，專售現代文學、現代詩及佛學等書籍。同年，自費出版第一本詩集《孤獨國》（藍星詩社發行）。
1960	作品開始陸續於《藍星詩刊》、《文學雜誌》、《文星．地平線詩選》等許多刊物發表。

1965
出版第二本詩集《還魂草》（文星叢刊第一六三種）。葉嘉瑩作序。

1978
《還魂草》英文本（The Grass of Returning Souls）在美出版。高信生譯。《還魂草》由領導出版社再版（附《孤獨國》二十二首）。周棄子作序。一月十八日起，《聯合報》副刊推出「風耳樓小牘」專欄。

1980
五月三日因胃潰瘍、十二指腸杜塞等多種病患，於天母榮民總醫院進行一次重大的開刀手術，胃割去四分之三，二十一年書攤生活暫告休歇。

1983
由內湖遷外雙溪。每日上午寫毛筆字，下午圈點《綠野仙蹤》、《聊齋》、《八指頭陀》及《蒼虬閣詩》，三年後畢工，大病一場，幾於不治。

1984
長詩〈除夜衡陽路雨中候車久不至〉於《藍星》第五號刊出。凡一百一十七行。又〈藍蝴蝶〉、〈紅蜻蜓〉各二首，亦於是年誕生。

1990
元月六日獲《中央日報》七十八年度文學成就特別獎，由余光中把這項大獎頒贈得獎人。美國加州西湖鎮出版之文學季刊《對流》（Cross Currents），推出「文學的奧運之二」，其中台灣詩作只收錄周夢蝶與余光中二人。

1991
作自壽詩〈花，總得開一次〉，凡七十行。答贈夏宇。因明星咖啡屋歇業於騎樓擺的書攤轉至長沙街二段的「百福奶品」。

1997
榮獲第一屆國家文化藝術基金會文藝獎「文學類」獎章。並獲聘為國立中山大學駐校作家（應允以一週為限）。

1999 《孤獨國》膺選為「台灣文學經典」之作。二月十一日《聯合報》刊出特寫專文：〈面對佳譽，不動如山〉。

2000 結束持續近十年於「百福奶品」擺設書攤。同年四月，《周夢蝶世紀詩選》（爾雅）付梓，向明及張默負責校對。

2002 出版《約會》（九歌），《我是怎樣學起佛來》（老古文化），《十三朵白菊花》（洪範）。詩集《十三朵白菊花》獲第十一屆聯合報讀書人年度最佳書獎。

2005 著《不負如來不負卿——《石頭記》百二十回初探》（九歌）。

2009 作品集五種三冊（包括詩集《孤獨國》、《還魂草》、《有一種鳥或人》、《風耳樓逸稿》及尺牘集《風耳樓墜簡》等）同時發行。又，張默纂輯周夢蝶先生年表、作品索引及研究資料索引等成別錄一冊，連同作品集皆由印刻出版。同年十二月，台灣明道大學於校內，與香港中文大學、武漢大學、徐州師範大學聯合舉辦「周夢蝶與華文文學國際學術研討會」。

2011 「他們在島嶼寫作——文學大師系列」電影發行，由導演陳傳興拍攝周夢蝶紀錄片《化城再來人》。

2014 疑因膽管結石，住進新北市新店區慈濟醫院開刀，術後傷口癒合狀況不佳，在加護病房觀察治療，同年五月一日下午，因多重器官衰竭病逝，享壽九十五歲。

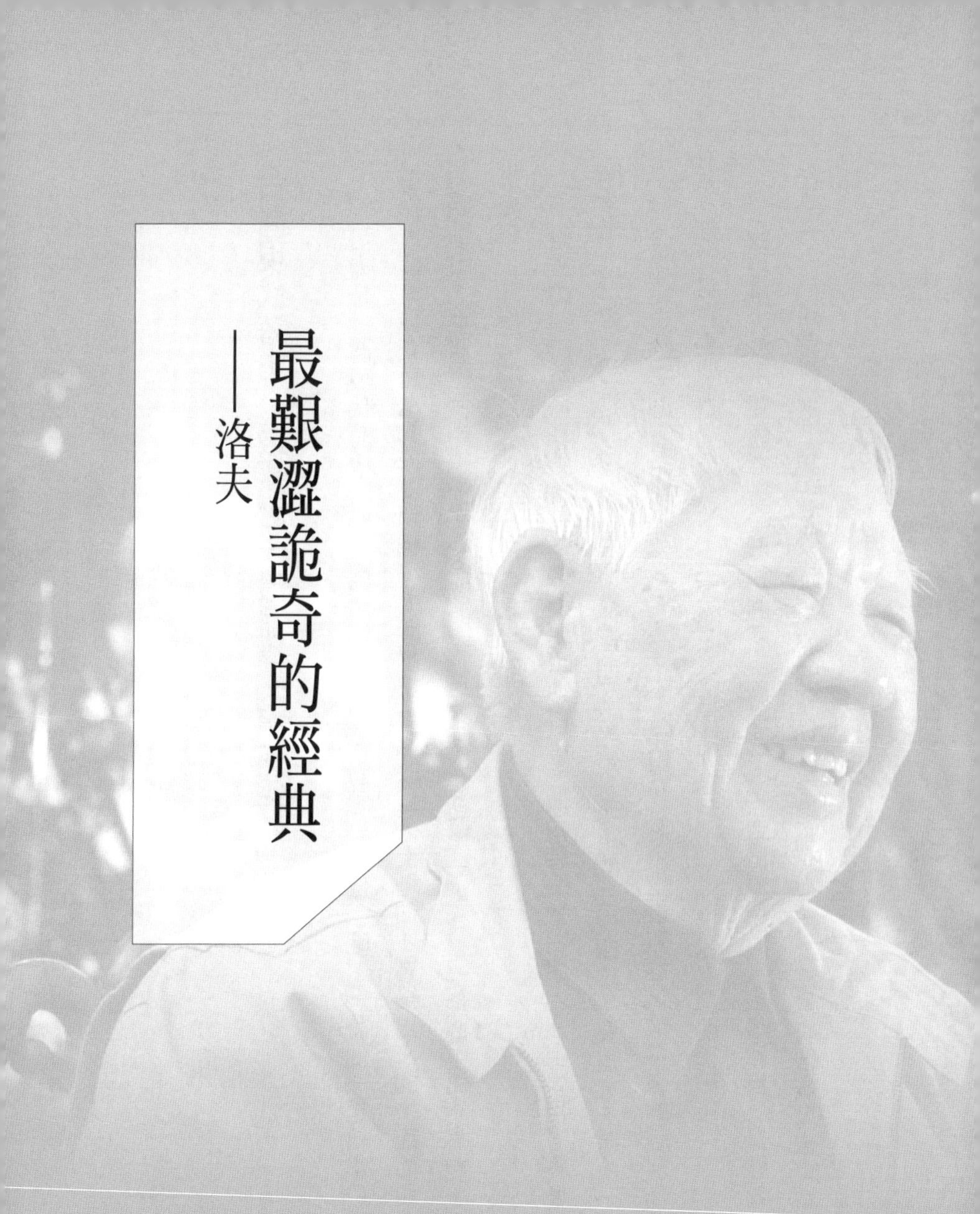

最艱澀詭奇的經典

——洛夫

台灣現代詩史上最艱澀、最難懂的經典作品

洛夫是台灣現代詩壇的「詩魔」。「詩魔」對應「詩仙」吧，「詩仙」是給李白的最高讚揚，認為他在詩上的成就超越了人間水準，應該是天上神仙才寫得出來的，因而視李白為「謫仙」，被貶謫到地上、掉入人間的神仙。那麼「詩魔」呢？是從地底下不小心爬上來，要來鬼祟、魅惑這個世界？

洛夫的「詩魔」稱號，有一部分來自他自己。他在詩的標題與內容上，用了許多「魔」的字眼及意象。另外，「魔」也符合他早期的詩給人留下的強烈印象。要追究「詩魔」稱號，不能不提洛夫寫過的《石室之死亡》，一本台灣現代詩史上最艱澀、最難懂的經典作品，艱澀、難懂到許多讀到的人會忍不住感嘆：「這什麼鬼啊！」「這比鬼還難懂啊！」

我希望大家不要輕忽、小看我剛剛用的描述：「台灣現代詩史上最艱澀、最難懂的經典作品」。「艱澀難懂」和「經典作品」間的關係，不是那麼理所當然。有很多歷史上留下來的

經典，我們今天讀來都覺得艱澀、難懂，然而造成艱澀、難懂的原因，大部分來自時代與語言變遷所產生的隔閡。在這些經典出現的時代，那樣的文字內容並不構成閱讀上的障礙。如果是對當代人來說就覺得艱澀、難懂，那麼自然會有的效應，是沒有人、少有人願意讀、愛讀這作品，這作品難以得到重視，也就更難在時間淘洗下流傳成為經典了。

艱澀、難懂的作品，通常會被忽視、被放棄，因而若是有在當時就被視為艱澀、難懂的作品，卻能留下來成為經典，特別值得我們探究、理解。

經典的律定形成，有其外在與內在因素。如此艱澀、難懂的《石室之死亡》能成為經典，有其外在時代、時代風氣的影響。《石室之死亡》完成於五〇年代後期，流傳於六〇年代，那個時候的台灣社會有著和現在很不一樣的閱讀習慣、閱讀假設。那個時代，讀到了一本讀不懂的書，讀者會認為責任在自己，會帶點內疚地自問：「唉，我怎麼了，竟然讀不懂這本書？」不像我們這時代的讀者，遇到讀不懂的書，第一個反應是理直氣壯罵：「這什麼鬼作者，寫這種我看不懂的書幹麼？」

1965 創世紀

那個時代，作為讀者有責任準備自己去接近書，而不是要求作者要有責任配合讀者、娛樂讀者，對於讀不懂的書，讀者仍然保有著一份謙卑的尊重。這份敬意尊重，至少可以幫助推動讀者，付出努力朝向將書讀懂多走一步，克服一點自己和書之間的障礙距離。這樣的努力不見得就一定能讓不懂變懂，但至少提供了那些不會一眼就讓人看穿看懂的書，寶貴的存在空間。

一個通往不同世界、廣大世界的縫隙

洛夫的《石室之死亡》有多艱澀、多難懂呢?容我稍微仔細一點交代我自己的經驗。

我最早接觸洛夫和《石室之死亡》，是小學快畢業時，七〇年代初。那是個相對貧窮的時代，我發現了一種生活的奢侈，就是讀書，不只讀書，而且還能夠擁有書。在我的個人閱讀史上，當時國際學舍長年舉辦的書展很重要，在國際學舍書展中遭遇的一套書很重要。

那套書，叫做《中國現代文學選集》，齊邦媛主編，書評書目出版，內容其實是四九年之後到七〇年左右的台灣文學選集，有詩有散文有小說，只是在當時的環境下，不會叫「台灣現代文學」，必須叫「中國現代文學」。

對我來說，真正的關鍵不在書的內容，而在書的外表、裝禎。即便以今天的標準看，那都是漂亮、豪華到不可思議的一套書，絲綢布面精裝，外面再加銅板彩印書衣。我一看到這書，心中立即浮上的第一個感覺是：啊，如果有這麼一套書在手上，死了都沒關係。第二個感覺是：啊，為了擁有這套書，去偷去搶都值得。還好，書沒有真的貴到得去偷去搶，我只需要說服當時已經在爸媽的服裝店裡打工幫忙的大姊願意拿出錢來買就好了。

書買回來了，我才知道其來歷。那原來是美國新聞處的翻譯出版贊助計畫，找了編者、譯者，將「自由中國」的現代文學作品譯成英文介紹到美國去。既然為了譯介已經花了力氣編選，「洪建全基金會」就贊助把中文本也印發出來。

書買回來了，也就開啟了我和台灣現代文學的關係，並開啟了我和現代詩之間的關係。我強烈地感覺到詩是種奇怪、奇怪得迷人的東西。十幾歲時，我可以硬撐著騙自己看得懂書中收錄的小說和散文，但遇到詩就完全沒轍了。每個字都是字，我知道的字，但拼成詩，就立即化身變成另外的東西，不懂、無法懂的東西。

在那樣封閉的時代、封閉的環境，我覺得詩（應該說所有讓我陌生不懂的東西）在幫我打開一個通往不同世界、廣大世界的縫隙。讓我看到舊有的生活中原本看不到的風景。知覺另一個陌生神祕世界的存在，使得現實的封閉、貧乏變得比較容易忍受。

因為是在這種心理狀態下接觸現代詩，《選集》裡選的洛夫的詩，給我特別深刻的印象。裡面選的，就是《石室之死亡》的片段，上面還標記了一個個跳躍不連續的號碼。書在我桌上，沒事就翻一翻，翻到洛夫與《石室之死亡》，看了又看，唸了又唸，啊，那份不懂的感覺如山不動，但奇怪地，和這些不懂的文字間的關係，私人關係，一種非經驗、非情感的純粹、空洞關係，卻愈來愈密切。

現代詩與傳統詩

兩年之後，我找到了另外一本重要的書，還是在國際學舍，入口的第一個攤位——黎明書局的攤位上，買回了《洛夫自選集》，裡面也有《石室之死亡》的選段，比《中國現代文學選集》中多了許多。還要再等兩年，等我上了建中，養成了每天放學逛重慶南路書街的習慣，養成了每隔幾天彎進武昌街察看一個小小書攤的習慣，我才終於找到了完整的《石室之死亡》詩集。

那是在周夢蝶的詩攤上，他總是坐在那裡，一動不動，對像我這樣的高中生視若無睹。但他那窄窄一小架子的書，卻好像每本都閃著晶亮眼睛盯著我，看我有沒有能力辨識出它們是誰，察知它們內在含藏的價值。《石室之死亡》是我最早辨識出來、最早向周夢蝶買來的詩集之一。

很不幸的，沒有多久，周夢蝶出現在武昌街的頻率就愈來愈低了，好像是我高二開學沒多久，他的書攤就長久關閉了。很不幸的，得來不易的《石室之死亡》，在我手中也沒有保留多久，高二升高三的那年暑假，就永遠消失了，沉在碧潭潭底了。

我在《迷路的詩》書中寫過這段往事。那年夏天，無法忍受愚蠢的暑期輔導課，我一個人蹺課出來，搭了新店客運的車去了碧潭。熟識的船家照例打折租我一艘木頭小船，我三兩下就划到對岸，將船卡進石頭小灣裡，然後從

1975 黎明文化

容地打開書包拿出書來。當然不是準備聯考要用的課本或參考書，那天帶的，就是《石室之死亡》。翻開來，翻到第八則，「他的聲音如雪，冷得沒有一點含義／面色如秋扇，摺進去整個夏日的風暴……」我努力地讀，動用一切思想和感官對自己解讀這句詩可能的意涵，讀著讀著，注意力開始渙散，開始迷離聯想，然後在得以逃避暑熱的樹蔭下，睡意襲來，我一時打盹，直到被嘩啦一聲吵醒——手上詩集跌入水中發出的聲響。

雖然擁有那本詩集前後只有不到兩年的時間，但在那段時間中，我反覆讀《石室之死亡》，而且寫了大量的筆記。裡面不只寫我對《石室之死亡》的想法，更記錄了我對詩、現代詩最初的基本看法。

有些看法，從那個時代留到現在，三十多年了，沒有改變，形成我讀詩、感受詩、解釋詩的基本骨幹。例如我當時疑惑：現代詩是什麼？為什麼有人要寫這樣的東西，為什麼這樣不合文法、不明不白，讓國文老師皺眉的東西，竟然對我有那麼大的吸引力？這樣的詩，和我們課堂上讀的李白、王維、白居易作品如此不同，甚至和課本裡收的楊喚的詩、余光中的〈鶇鑾鼻〉如此不同，它們該放在一起被當作是同樣、同類的東西嗎？為什麼相較於我自己找到，我喜歡的這些現代詩，傳統詩讓我覺得隔閡，余光中的課本作品使我高度不耐，甚至覺得尷尬？

我迫切地尋找這些問題的答案，認真地寫在那一大疊沒打算給任何其他人看的筆記裡。

現代詩是個人精神崛起的產物

年少時我找到的答案，至今沒有遺忘、改變的是：現代詩是個人精神崛起的產物，為什麼會有現代詩？因為做為一個個人，當你有了最能證明你的獨立性與獨特性的經驗時，你會抗拒用和別人一樣的共通語言來予以記錄。我們身為個人，最珍貴、最真實、最感動的體驗，該如何存記？用一般的語言、文字，尤其是中規中矩可以在作文課拿高分的文字寫出來，那樣的體驗就變質了，變得平庸、通俗，失去了你個人獨一無二的連結。

我十幾歲時，儘管生命經驗還很有限，卻在腦中就形成了一個固定的形容與相應的想像——人生之所以值得活，就是因為會有那種在發生瞬間就讓你清楚會被你帶進墳墓裡去的經驗。那些少數、強烈的經驗決定了你是誰，而也就是這些少數經驗抗拒被用「正常的」語言寫下來。

高中時，我幸運地身邊有一群死黨，一起打鬧、一起蹺課、一起編校刊、一起讀許多雜七雜八「沒用」的書。然而即使和他們在一起，我都不時遺憾有很多事、很多感覺，連他們都不會了解。不是因為我沒說、不能說，剛好相反，因為我說了，他們聽來就不是我意識、感受的那麼特別。

除非我不說。除非我用一種雖然說了，但他們不能以簡單、平凡的習慣來理解的方式說。除非我離開這一套已經被用俗、用爛了的語言，換一種我自己的語言說。是的，除非我寫詩。除非我寫出讓他們看了覺得陌生，會或嚴肅或戲謔地說：「搞不懂你在寫什麼」，我才能確定他們有可能懂，會從尊重這件事的獨特性出發去接受。

這就是為什麼我年少時那麼喜歡現代詩，同時那麼討厭作文。關鍵差別在有沒有自我，作文教人磨掉自我，學一套固定的寫法，現代詩卻是自我的至高昂揚，不只記錄自己的感受與經驗，而且大膽、固執要創造自己的語言，對抗、扭曲、拉扯、打磨既有的文法，就為了保留那份獨立獨特自我的追求。

讀洛夫的《石室之死亡》，總是給我最多這方面的刺激。我在筆記裡揣測洛夫的自我追求，也琢磨他具有高度破壞力的語言。那兩年，我讀了很多詩、很多詩集，但奇怪的是，當我讀到特別喜愛、特別感動的詩人與詩時，我的反應都是把《石室之死亡》找出來，將想法應對《石室之死亡》，寫進筆記裡。

一直到那個夏日午後，《石室之死亡》掉入碧潭水中，再也找不回來。

為了《石室之死亡》

我念完高中，考上大學，念歷史系，對現代詩沒有那麼狂熱了，接著又當兵、出國留學，很長一段時間沒有想起洛夫和《石室之死亡》。一九九三年，我回到台灣，一九九四年秋天，我突然接到陳芳明的電話，邀請並要求我緊急到靜宜大學接「台灣文學史」的必修課程。

那真是件莫名其妙，沒有任何理由答應的事。學校已經開學了，靜宜中文系原來教這門課的老師突然出事，沒辦法教下去，這也就意味著必須馬上上場，沒有可以好好準備的時間。我從來沒有教過「台灣文學史」，當時手上在寫的博士論文是「台灣戰後政治經濟」；我人在台北，當時不只沒有高鐵，也還沒有二高，只有台北到新竹之間的「北二高」，唯一的一條南北高速公路正在進行拓寬工程，總是塞到令人心寒，去一趟台中，單程至少要三小時。還有，在大學兼課的酬勞微薄到不足以支付最便宜的住宿，微薄到當時再窮都不會需要這樣一筆收入。

我腦中浮現出來要給陳芳明的回答是：「別開玩笑了，我當然沒辦法去。」但說出口的卻變成了：「好吧，既然你有困難我就盡量幫。」從應該拒絕到在電話中脫口答應，那幾秒鐘的時間內發生了什麼事？我清楚記得，除了考慮了和陳芳明的一種奇特的海外革命情誼之外，更重要的，是一件事莫名其妙冒了出來，我突然想：「啊，那這樣我就能在課堂上教《石室之死亡》了！」

就這樣衝動答應了，從那個星期六開始，就早上六點半出發，開著我的舊裕隆303南下趕十點鐘的課，早上一班、下午一班，四點之後再到體制外的「台灣文化學院」教三小時的「台灣戰後政治經濟」，七點後上路北返，大約午夜左右精疲力盡回到家。

不過真正最累的是，雖然我心裡想著《石室之死亡》，想著我自己熟悉、熱愛的五〇年代、六〇年代作品，但「台灣文學史」畢竟得先從清代講起。我得先教清代的傳統詩，接著教日據時代用漢文或日文寫的作品，下學期才會講到五〇年代。

很誠實地說，清代台灣文人的詩，唉，真是難教。作為文學史料很有意義，但作為文學作品卻經常讓人想跳過去。教這段文學史時，我常常想起小時候讀《西遊記》的經驗。我從來沒迷過《西遊記》，甚至從來都不喜歡。其中一個理由或許就是我從來沒有讀過改編版《西遊記》，國中時才讀，一讀就讀原本。書裡面太討人厭了，夾雜了太多詩詞，而且是品質不怎麼樣的詩詞。那些詩詞嚴重妨礙我閱讀，直接跳過去覺得不應該——怎麼可以將這麼大一部分的內容遺漏了呢？這樣還算讀過這部作品嗎？——但要讀又無法不感受那些詩詞的粗陋無聊。

好吧，我努力忍耐，努力將我自己不喜歡的台灣傳統詩文教完了，漸入佳境，選了日據時代一些比較具備文學複雜性的作品，終於熬到了下學期。寒假時，我開始為下學期的課程做準備，第一件事就是回到媽媽家，興沖沖地打開留著舊物的櫥櫃，找出我當年寫的《石室之死亡》筆記。

厚厚一疊，搬了回來，擺在書桌上，一頁一頁翻，翻過去又翻回來，翻了一個晚上，最後我不得不悲哀地對自己承認：「媽呀，這在寫什麼啊？我根本就讀不懂！」

才經過了十幾年時間，我已經讀不懂自己當時為《石室之死亡》所寫的筆記。理由其實挺簡單的，因為我在裡面寫了太多洛夫式，或該說「《石室之死亡》式」的句子。受到洛夫的影響，我很自然地在筆記中將感想與感受高度意象化，再將豐富、複雜的意象放進錯亂夾纏的文法裡。多年之後，我自己都失去了將那樣的文法拆解開來，再將意象還原為感想與感受的能力。

《石室之死亡》有多艱澀、多難？難到連我十幾歲時讀這本詩集而受影響寫下來的筆記，都變成天書。我沒有辦法用一種正常的作者身分讀這份多達五、六萬字的筆記，一讀就回想起自己當時做什麼、想什麼、為什麼寫下這樣的句子；我只能用一種陌生（至少是半陌生）讀者的態度，如同讀《石室之死亡》一樣，一字一句攀爬解讀中間書寫的可能是什麼意思。

當然，這樣的筆記對我教「台灣文學史」一點幫助都沒有。然而我已經在課綱上標明了要用兩堂課時間講洛夫和《石室之死亡》，於是我只好去圖書館把詩集印出來，用三十歲的心境與理解，重新認識、重新解讀。

用另外一種眼光閱讀

十幾年後，我的解讀和十幾歲時截然不同，我再也沒有辦法用十幾歲時的那種神祕、混沌、衍義、聯想的方式來閱讀。我換上了一雙老師的、解說者的眼光，不能自己跟著陷入那種神祕、混沌、衍義、聯想的世界，而是要將那個世界用一種比較簡單、清明，但又不至於喪失神祕、混沌、衍義、聯想魅力的方式，解釋給學生聽。

換用這種眼光閱讀，我讀到了《石室之死亡》和台灣五〇年代歷史及現實間的關聯，從而對五〇年代的文學有了不一樣的看法。這些看法寫成了兩篇文章，後來收入在《霧與畫：戰後台灣文學史散論》中。一篇的標題是〈文學的神話、神話的文學〉，另一篇標題是〈末世情緒下的多重時間〉。

七〇年代是台灣文學史很重要的變化轉折時期，之前之後的文學價值、文學評斷標準及文學作品性質，非常不同。七〇年代初，唐文標、關傑明首先發難，展開了對現代詩的猛烈攻擊，後來更全面開花，醞釀了「鄉土文學論戰」與「鄉土文學運動」。藉由對現代詩的批評，新一代提出的文學觀念，可以用唐文標的文章標題簡單總結：「什麼時代、什麼地方、什麼人」。文學要有現實感，要有時代性，要關懷活在特定時空中的人的生活，尤其是反映生活中的困苦與掙扎，那樣才是合格的、適當的文學追求。

提出這種社會性熱情標準的同時，他們就以敵視的眼光，將在此之前的台灣文學，特別是現代詩作品，定性為缺乏現實關懷，自我耽溺，遠離社會與群眾的錯誤示範。這些現代詩人們活在台灣（那時的用詞是「中國」），活在一個仍然以農業為基礎，卻正進行著混亂工業化變化的社會，然而他們卻在寫西方式、現代主義式的詩。那樣的語言、那樣的情感，是抄來的，和台灣（「中國」）、和現實都徹底脫節。

這樣的批評意見，有其道理，因而很快得到了熱烈的迴響。提供批評火藥的，一部分正是五〇、六〇年代現代詩人自己表白的態度。紀弦在《現代詩》創刊號上公開宣稱：現代詩是「橫的移植」，而不是「縱的繼承」，是要發揚光大「波特萊爾以降」的詩的傳統。那是什麼樣的傳統？那是誕生於歐洲，因應歐洲都市化、現代化劇變而出現的新的語言美學傳統，拋棄了傳統詩的平衡、崇高、寧靜、細緻、巧妙追求，轉而強調混亂、荒蕪、倉皇、激動、迷失的「現代」、「內在」情緒。

「鄉土派」或說「現實派」的意見乾淨清楚，讓台灣的「現代派」很難反駁：台灣有那樣的現代化、都市化背景嗎？台北和巴黎有同樣的現代面貌、現代節奏嗎？人家強烈回應那樣的現實變動，才誕生了如此混亂、荒蕪、倉皇、激動、迷失的美學與文學風格，還活在半農半工半現代半傳統環境裡的人，跟人家湊什麼熱鬧？

所以台灣的現代詩，出於模仿，是抄來的，空洞、缺乏真實內容。模仿西方表面上的那份現代風格，但實質上根本不了解別人現代性的內涵，更不曾有切身的現代性焦慮經驗，這種詩能好嗎？甚至：這種詩有意義嗎？

台灣現代詩人推崇艾略特、仿襲〈荒原〉的筆法，但他們怎麼可能真正體會艾略特所代表的那種二十世紀初期，第一次世界大戰帶來的廢墟感？歐洲原本的自信，歐洲原本賴以存在的文化、文明、宗教、哲學，乃至對人之所以為人的認識，在大戰中都被推翻摧毀了，因而才有〈荒原〉，才有〈荒原〉所代表的現代主義晦澀、艱難表現。

幾年之內，台灣的「現代派」搖搖欲墜，瀕臨瓦解，連帶地，代表「現代派」最高成就的現代詩，一下子被剝奪了合法性，貶值成二手市場裡的舊貨，更糟的，變成劣質的西方現代詩仿製品。如此快速的文學價值變化中，受傷最重的，就是洛夫和他的早期傑作《石室之死亡》。

余光中從來都沒有那麼「西化」，他真正最受西方現代詩影響的作品相對晚出，要到《在冷戰的年代》、《敲打樂》，而即使是這兩部作品（或許加上長詩《天狼星》）路數也比較接近六〇年代美國青年次文化的民謠搖滾，和更早的現代主義、超現實主義，有一定的距離。除此之外，他又有號稱「現代詞」的《蓮的聯想》，做了和中國韻文傳統連結的自覺努力，不是純粹的「橫的移植」。

相對比洛夫「學院派」的楊牧（葉珊），在美國念的是比較文學，博士論文研究的是《詩經》，這樣的學術訓練背景自然滲透進他的詩中，中西方的古典元素，在他的作品中巧妙編織，使得他的作品沒有那麼「現代」，沒有那麼「現代主義」，同樣沒有那麼純粹的西式現代。

他們都有抗拒洶洶批判的其他抵禦工具，他們作品受傷的程度，也就都不像洛夫的那麼慘重。洛夫沒有什麼可以搬得出來的防護罩，也就不意外在那段潮流中，他的詩，尤其是《石室之死亡》被拿來當作典型的錯誤示範，承擔了「晦澀」、「與現實脫節」、「抄襲西方」等最猛烈的攻擊。

詩和時代間再具體、再現實不過的關係

然而，在九〇年代初，累積了對於台灣歷史更多一些、也更誠實一些的認識與思考，我突然在洛夫的詩作，擴大來說整個五〇、六〇年代的現代詩作中，看出了很不一樣的意義。我

看到了這些詩和那個時代間再具體、再現實不過的關係。那些晦澀、難懂的字句中傳遞出來的，藉隱藏而更深刻呈現的，分明就是源自於戰亂、逃難、生死不測而來的壓抑與恐懼，或說對於無從排解的恐懼的絕望壓抑，以及壓抑中的脆弱反抗。

《石室之死亡》的第一則，開頭的五行：

> 祇偶然昂首向鄰居的甬道，我便怔住
> 在清晨，那人以裸體去背叛死
> 任一條黑色支流咆哮橫過他的脈管
> 我便怔住；我以目光掃過那座石壁
> 上面即鑿成兩道血槽。

這的確不是正常的中文，無法用正常的方式來讀。什麼是「以裸體去背叛死」？怎麼可能目光掃過石壁，上面會鑿成兩道血槽？

然而如果我們了解這詩的現實場景，知道洛夫寫的是八二三炮戰前後的金門，那些硬是在花崗岩上開鑿出來的坑道，人在坑道裡過著飽受砲火和死亡威脅的生活，隨時內在腎上腺素分泌血脈賁張，也隨時可能受傷濺血，人既是人，也是不斷被倒退回生死本能掙扎狀況的動物，我們真的還會覺得這幾句詩那麼難以理解、難以體會嗎？

當年許多窩在金門坑道中直接感受砲火威脅的，是被迫離開家鄉，倉皇流離逃亡的年輕人。他們度過了好些年不知自己明天會在哪裡，不知未來會發生什麼事的高度不確定狀況，現在，他們活在簡直不真實的坑道裡。

我們常用「鬼斧神工」來形容當年金門的坑道，是的，那樣的環境最大的特色就是——不似在人間，帶著強烈的鬼魅氣息。鬼斧神工的坑道，是這些人一斧一鑿闢出來的，然後他們就生活居住在那樣深入自然以至於完全不自然的空間裡。那個空間狹窄、潮濕、悶熱，「祇偶然昂首向鄰居的甬道」，從自己的坑道看到更多更多別人所在的坑道，而且在那種全都只有男人的生活中，受不了潮熱的人將衣服脫了，「那人以裸體去背叛死」，沒穿衣服的一個個人影，看來像野獸、像幽靈，在死亡威脅下的人把自己活成與生命或即或離的另一種威脅。

在那裡，人和「正常」、和「文明」間有相當的距離。「那人以裸體去背叛死」，在我的認知與理解當中，簡潔而精彩地寫出了他們抗拒死亡、拒絕死亡的存在。戰爭與砲火中，流離逃亡中，死亡反而才是常態，這些人沒有堅實的資格活著，然而他們用如同幽靈一般的方式保有自己的血肉之軀，固執自己的血肉之軀，盡力地活著。所以他「以裸體背叛死」。

在一瞬間、那清晨的一瞬間，人在茫茫、無法分辨清楚生死之際，詩中連續說了兩次「我便怔住」。「任一條黑色支流咆哮橫過他的脈管」脈管中原本流的是血液，但是這個時候，血液都被環境影響變成黑色，這是精巧的錯位聯想，先告訴我們、先讓我們留下這樣的印象，原本應該是鮮紅血色的，變成了黑色，再陡然倒過來，「我以目光掃過那座石壁，上面即鑿成兩道血槽」，荒蕪的、堅硬的、灰黑的石壁，由目睹過太多死亡的目光掃過時，再硬再冷的現實，都「即鑿成兩道血槽」。

現代詩是隱晦的真實

我十幾歲時寫的筆記，上面記了很多我現在看不懂、無法還原的內容，不過關於《石室之死亡》開頭五行的部分，有這麼一句話是明白的、看得懂的。當年的我用音樂來比喻：「這是一個基本上以不和諧的和弦所組成的第一主題」。而和古典音樂奏鳴曲式一樣，第一主題之後，要有第二主題，兩個主題應該有陽剛、陰柔的對比變化。以節奏、和聲為主的陽剛第一主題呈示後，接著該出現的，是以優美旋律為主的第二主題。洛夫這段詩後面五行，以「我的面容展開如一株樹，樹在火中成長」帶頭開展，就有這種陰性主題的性格。

《石室之死亡》第一則的後五行：

我的面容展開如一株樹，樹在火中成長
一切靜止，唯眸子在眼瞼後面移動
移向許多人都怕談及的方向
而我確是那株被鋸斷的苦梨
在年輪上，你仍可聽清楚風聲，蟬聲

後面這五行，帶給讀者的感受，明顯不同於前面五行。前面的基調是血腥的、激烈的、驚異的，眼光一掃竟然就在石壁上鑿出血槽來；後五行一轉，變得緩和而且正面，「展開」、

「成長」、「一切靜止」。不過緩和只是表面的，骨子裡，如此替換出的第二主題，仍然延續著前面的緊張，改以潛在、內斂、間接的方式表達。

樹的成長，不是在土地上，不是在風中雨中，而是在「火中」，那「火」，當然還是戰爭的延伸形象。聯想起戰爭，接著「唯眸子在眼瞼後面移動」也就有了不同的意義。一種意義是戰鬥中持續的監視與防禦，隨時提防著敵人，不得鬆懈；另一種意義是無聲無語地，壓抑情緒地凝視著故鄉。悲哀的是，敵人的方向和故鄉的方向是完全疊合的，正是那「許多人都怕談及的方向」。

這五行中，洛夫讓原本激動、激烈的主題凝結、固定下來，創造一種奇特的、悲哀的美。樹在燃燒中，火把般的巨幅火光中成長，真正成長的，其實不是樹，而是毀滅了樹的火。悲劇的火光照耀下，洛夫同時寫了鄉愁，但他不像余光中那樣大剌剌直接呼喊鄉愁，他寫的是鄉愁的壓抑，不只家鄉是不可回返、不可企及的，就連鄉愁都沒有存在的合法性，是「怕談及」的禁忌，因而只能用不談、沉默的方式來談，或用迂迴、隱晦的方式來談，用詩句來談。

人活在多重的壓抑緊張裡，因而「我確是那株被鋸斷的苦梨」，關鍵在「確」字，的確是、果然是、毫無疑問別無辦法地只能是，那般深沉的無奈。寫這詩時的洛夫大約三十歲，而的確，在他二十歲左右，因為國共內戰，他的生活徹底改變了，他原本所知道的生命被腰斬了，那樣恍惚宛若前世的生命，現在只能留在傷口上，風聲、蟬聲，他們曾經擁有的一切，他們的記憶與想望，都成了被鋸斷、被人為地中止了、凝固了不再成長的年輪。風聲、蟬聲如今埋在中止的年輪裡，成了鬼聲，噤啞了，只是概念上的聲音，卻不能發出實際的聲響。

五〇年代，洛夫寫《石室之死亡》的那個年代，台灣詩人為何寫詩？他們寫詩的動機是什麼？為了名？為了利？詩刊詩集能賣幾本，能找到多少讀者？留下來的故事都是他們如何省下微薄的薪餉，甚至賠上家產來辦詩刊、出詩集，沒有多少人認識他們，更不會有足夠的利益讓他們的投入回本。

那為什麼要做？依照後來關傑明、唐文標他們的批判看法，這些人不為名不為利，付出時間和金錢的代價，就是為了要模仿抄襲西方的現代詩，就是要移植不屬於他們的情感，就是要逃避現實。這樣說得通嗎？要逃避，最簡單、最自然的方式就是不要寫，那才是最直接的選擇。但他們寫了，而且在艱難的條件下，堅持要寫，寫得那麼多，而且，容我主觀地說一聲，寫得那麼好。

推動五〇年代現代詩的力量，是這些人的流離命運，是他們陷身的禁忌環境。他們年紀輕輕就失去了家鄉，年紀輕輕就受盡了痛苦折磨，但在台灣，他們又被高壓禁止訴說自己的痛苦，甚至不能安全安心地表達想家的情緒。

多重的禁忌壓在他們其實還沒那麼成熟的人格神經上——他們都是男人，中國男人，社會文化中設定得要堅強、冷靜近乎麻木無感情的人，不能大笑不能大哭，甚至不能表現出自己害怕不安。他們還處於比一般男人更男人的軍隊環境裡，哭笑害怕不安，不只違背常態預期，還會立即招致訓誡懲罰，留下被鄙視、被辱罵、被隔離、被霸凌的長期後遺症。

更重要也更可怕的，是威權無所不在的監視，以及威權近乎絕對的羅織自由。表達流離痛苦，很容易被上綱成「打擊反攻信心」；表達對家鄉的思念，很容易被上綱成「為匪宣傳」。這樣的罪名，在那個時代，都是足以致命的。

他們想說，他們有存在上最強烈的動機需要藉由訴說來發洩、來療傷，但他們不能說，至少不能用正常的方式說。五〇年代台灣文學的主流，其實就是因應這種扭曲心理情境而產生的兩條變形道路。

一條比較容易看清楚的，是「反共文學」。那基本上是昂揚口號的延續。「一年準備，兩年反攻，三年掃蕩，五年成功」，天天這樣喊，大聲地喊，就像夜裡走過墳場時吹起口哨唱起歌來一樣，其功能是讓自己分心，不要去想最可怕的情景。用各式各樣光明的幻想蓋過黑暗恐怖的現實，讓人可以不用面對現實、不用活在現實裡，逃過明天可能連台灣都淪陷的現實，把自己催眠送進明天可以反攻回家的夢裡。

另外一條就是現代詩。這個時代的現代詩找到了也依賴於一套迂曲、隱藏、壓抑的語言，來表達詩人們內心無法面對、不容許被記錄，卻又沒有辦法徹底遺忘、取消的痛苦與恐懼。換句話說，現代詩和「反共文學」其實是因應五〇年代戰亂心理而有的一體兩面發展。「反共文學」是直白的幻想，因為直白所以只能虛假自欺；相對地，現代詩是隱晦的真實，就是為了傳遞真實的痛與怕，不得不艱澀、不得不隱晦。

台灣現代詩的重要成就就在於找到了這樣一種迂迴、壓抑的語言，來表達難以抒發的多重、深刻不安與恐懼。這種恐懼無法用一般、正常的語言來表達，而且如果用淺明、直接的語言講述了，那樣的時代氣氛過去了，也就不會再有任何力量、任何意義，不可能留得下來。

「自動書寫」和超現實主義

迂迴與壓抑，讓特殊的時代情感變成藝術。我一向認定台灣現代詩的黃金年代，是大約一九五六年到一九六五年。瘂弦所有的詩作，幾乎都完成於這幾年。鄭愁予最為人所熟識的那些詩，後來收錄進《鄭愁予詩集》的，也差不多都是這幾年內寫成的。還有商禽最好、最震撼人心的詩。還有現在基本上被遺忘了的方思、方莘、方旗那些絕對值得重新認識的詩。

如果對詩有興趣、對文學有興趣，要讀用中文寫的現代詩，你必須回頭去讀這短短十年間在台灣產生的詩。讀過那些詩，你必然會產生一種對於詩的高度品味標準，輕易就能看出在這之前、在這之後，不管是大陸、香港或台灣的中文現代詩，有多高的成就、又有怎樣的不足缺憾。比對閱讀後，你就能了解我心中持續的不可思議驚異與敬意。怎麼可能，在這麼短的時間中，創發產生了這麼多精彩、各具風格、無可超越的詩作？

而且，那段時間一過，瘂弦就停筆了，方莘方旗就停筆了，事實上鄭愁予也就停筆了。

他已經寫完了後來年輕人會背的那些名詩了。要再過十幾年，鄭愁予才開始他詩創作的下一個階段，復出寫《燕人行》，但那就變成了很不一樣的東西了。

余光中根本沒有趕上這段黃金時代。他和洛夫同年，但在詩的理解和創作上，他是晚熟型的。五〇年代到六〇年代初，他還在寫詩質薄弱、詩意淺白的《天國的夜市》、《舟子的悲歌》，沒有跟上高度爆發創新的隊伍。楊牧比他們都年輕，那時才十幾歲，還用「葉珊」的筆名，年紀和台灣本土的身分，缺乏流離動亂恐慌經驗，使得那時候的「葉珊」比別人多了濃厚的抒情表現，少了強烈的歷史潛意識暗示。

那個黃金十年中，洛夫主要的作品，就是《石室之死亡》，那是他應和那個時代並對那個時代做出的最大貢獻。那十年，這些人都在摸索探測如何來表達不能表達的、不該表達的，洛夫在這中間是最勇敢、最莽撞的，他往前衝，以極端的風格肆無忌憚地動用了一種他自己不了解、也還沒有充分掌握的語言、文字技法。

2002 洪範

洛夫的詩，是超現實的。關於超現實主義，洛夫的領悟、理解恐怕遠遠不及瘂弦，但他膽子大，他就是寫，用一種直覺的方式寫出超現實的《石室之死亡》。

什麼是超現實主義？超現實主義最重要的概念與技法，叫「自動書寫」，五〇、六〇年代現代主義藝術進入台灣時，最為流行。「自動書寫」要排除掉理性秩序安排，讓人離開理性的層面，放出更深層的東西，那被壓抑的潛意識。「自動書寫」和超現實主義，都是受到佛洛伊德精神分析理論影響的產物，不相信顯意識，認定表層、我們自覺能安排、能理解的想法，是假的、是虛偽的，因而必須找出方法繞過理性監督，挖出人的真實來。顯意識看到的現實不真實，越過現實進入潛意識的「超現實」，那才真實。

流傳的一個故事說，在一次晚宴上，酒酣耳熱之際，女主人興起出了酒令，要在座每個人想出一個字，總結自己的一生。第一個就問到瘂弦，而瘂弦答完了，這遊戲也就玩不下去了。瘂弦的回答是：「我這一生啊，就是一個『假』字！」

「我這一生啊，就是一個『假』字！」此話一出，一定讓在座賓客大感尷尬，不知該如何回應。會說自己就是「假」，這話也太真了吧！更重要的，真到讓人不知該贊同還是否定。你能點頭稱是：「對啊，你很假啊！」還是你能在他的這個答案映照下說：「不不不，你最真實了！」而不感覺到自己的話如此虛偽？

但放進瘂弦做為一個詩人，他寫詩的那個時空及信念背景下，這句話其實沒那麼尷尬。人本來就是「假」，你活在顯意識裡，那本來就是壓抑、扭曲後的結果。真正重要、重大的經驗，早都被壓抑進潛意識裡，或變形成其他東西了。你不認識你自己，你也看不到、感受不到世界的真實，這一切，「就是一個『假』字」。

藝術的功能，就在棄絕現實，彰顯真實。什麼時候真實浮現？當顯意識與世俗的防衛放鬆了，當我們進入一種不自覺的夢幻或聯想狀態中，我們無意識地不知自己在思考時，我們才有機會離開「假」、碰觸「真」。這就是「自動書寫」與超現實主義的核心觀念來源。

《石室之死亡》是一項大型的超現實主義「自動書寫」探索，在洛夫自己都搞不懂什麼是超現實主義、什麼是「自動書寫」時。因而那樣的探索更加純粹，他的文字語意，始終徘徊在恍惚狀態中，始終抗拒服從既有的文法或其他理性規範，創造出一種神智游離環境，讓最深沉的痛苦能夠在某些縫隙間浮擠出來。

那樣的詩，當然是不合邏輯的，也就不能、不該用日常生活邏輯與日常語言文法來理解。這樣的詩，甚至有許多詩句是不需被認真看待的，關鍵不在詩句，而在詩句的構造，藉由這種迷離構造形成的語言縫隙，查知縫隙中究竟透顯出什麼樣的色彩、亮光與夢境般的情景。

超現實主義的詩其實沒有那麼難讀，如果你有心理準備，對自己虛假的外緣存在，表面冠冕堂皇的作為，有一種隱約的鄙視，至少是不安。這種詩當然不能用國文課教的那種方法讀過去，它要求你靜下來，要求你專注，要求你去挖掘字義後面的微光，用挖掘自我生命中不堪的、逃避的意念來完成。那不是單純的閱讀，而是，再說一次，挖掘。

透過詩的語言跳過日常的平庸

《石室之死亡》的第二段

凡是敲門的，銅環仍應以昔日的炫耀
弟兄們俱將來到，俱將共飲我滿額的急躁
他們的飢渴猶如室內一盆素花

當我微微啟開雙眼，便有金屬聲
叮噹自壁間，墜落在客人的餐盤上

這仍然是金門、軍隊的場景，描述的是部隊裡的兄弟情誼，小小的聚會，被內外的「急躁」雙重包圍著：

其後就是一個下午的激辯，諸般不潔的顯示
語言只是一堆未曾洗滌的衣裳
遂被傷害，他們如一群尋不到恆久居處的獸
設使樹的側影被陽光所劈開
其高度便予我以面臨日暮時的冷肅

弟兄們大聲交換著充滿髒話的語言，語言的不潔，對應帶有濃厚汗臭味的環境，然而詩再度陡然藉「遂被傷害」四字由外轉內，這些是找不到家的人的，找不到家，失去了一切可堪依賴的安全感，使他們進入一種「獸般的人間」，不時懷疑自己的人的身分，因而回頭使得他們所說的語言，變成了界於訴說與嚎叫之間，「不潔」取得了新的意義——那不是純粹的人的語言，被獸與獸性的存在汙染了。

表面上的熱鬧，原本的陽光場景，隨而變得「冷肅」了。前面映照「銅環」而閃耀的光芒，畢竟是從昔日記憶習慣中借來的，當下真實的心情，大家靠著「一個下午的激辯」試圖要遺忘、要躲避的，是：就連陽光都如此銳利，帶來傷害，連陽光都不可信任。陽光斜劈，下午要結束了，這樣一場弟兄聚會，畢竟提供不了多少的溫暖。

洛夫《石室之死亡》第八則：

他的聲音如雪，冷得沒有一點含義
面色如秋扇，摺得進整個夏日風暴
某些事物猥褻得可愛，顏色即是如此
只要塗抹一點在某一個暗示上
他便拿去揮霍，他從黑胡同中回來

五行詩中出現了有雪的冬、秋扇和夏日，每個季節都是個關於人的隱喻，用四季變化描寫人格，將人的表情形象立體化表現出來。在腦中搜尋一下，你一定認識那種「聲音如雪，冷得沒有一點含義」的人。這種人說了話，卻永遠等於沒說，因為他不是真的要說話，那種「冷」不是冷淡、冷漠，刻意擺臉色拉開距離，擺臉色仍然有「含義」，但就是有一種常常讓我們感到空白的人，他的聲音、語言是空洞的，他整個人是空洞的。

還有一種我們也都認識的人，「面色如秋扇」，入秋了扇子要收起來了，扇子成了多餘的，這種人他的臉色上總是收藏了好多東西，連夏日的風暴他都能藏進去，所有進去的都不出來，他不顯露、更不分享，總是壓抑著，當然外表上也就總是虛偽的。

這樣的人沒有真情，所以後面說「某些事物猥褻得可愛，顏色即是如此／只要塗抹在某一個暗示上／他便拿去揮霍」，他自己沒有顏色、沒有個性，所有的顏色都是塗上去的，不是內在的。因而那種外在的、刻意顯露的顏色，總是那麼耀眼，總是多了那麼一點，讓人看了不舒服。他是個「沒有顏色的多崎作」，但偏偏要給自己塗上紅、白、黑、藍、黃，要人家相信他是如此有顏色的人。

接著詩句一轉，第五行的後半句出現了「他從黑胡同中回來」，會有這種特性，因為他是屬於某個黑暗領域的人。這個人為什麼揮霍所有的顏色，為什麼把自己活得沒有內在、本質的色彩？因為他是個雖活著卻又沒有真正生命的人，於是這個人的形象突然帶上了死神的聯想，是從黑暗國度裡來，詛咒、毀滅我們的世界的人。他活著，其實和死沒有太大的兩樣。

只要我們願意給詩時間，願意靜下來專注地讀，用自己的生命經驗來讀，我不相信你不會對這樣的詩句有所回應。而那樣的直覺、衝動的回應，不是我現在使用的理性、解釋語言可以刺激出來的。只有透過詩，透過詩簡省而跳躍的語言，才帶我們瞬間跳過了日常，從自己的內在中逼激出非常來，自己都遺忘了的內在非常。詩帶我們離開生活中由理性主宰的平凡平庸，讓我們身體裡存在的特殊情愫與情緒找到縫隙、洞口，不意地躍跳出來。

我今天會用這種理性的語言跟你們講，那是因為有這詩的存在。這詩要幹什麼？這詩就是要我們離開原來生活裡平凡平庸的理性那種理所當然，這個時候你才有機會去挖掘。

去到別人沒去過、去不了的創作端點

洛夫之所以是「詩魔」，一部分來自他的功力，還有一部分來自他極為不安定的性格，在詩的創作上，他嘗試過許多不同的形式，一直不安分於一般寫詩的形式。《石室之死亡》每一段都十行，固定都分成個五行的兩段，形式嚴格、工整。二〇〇〇年，他發表了號稱是中文世界最長的長詩，三千行的〈漂木〉，清楚顯現了那種要打破規範記錄，去到別人沒去過、去不了的創作端點的衝動個性。

他還玩過「隱題詩」，例如寫成一首二十行的詩，直排詩句每行開頭的第一個字，橫著讀過去，就是「我以目光掃過那座石壁上面即鑿成兩道血槽」。那是一種遊戲，更是一種魔性的炫耀，炫耀著我有本事這樣寫詩，你們別人不會，能一寫寫三千行，能將自己的詩句拿來再製成另外的詩，能讓自己的詩不只直著讀，還能橫著讀。炫耀自己能改寫唐詩，把唐詩變化為現代詩。

2001 聯合文學

洛夫的這種個性，總讓我聯想起李斯特。傳說李斯特演奏自己

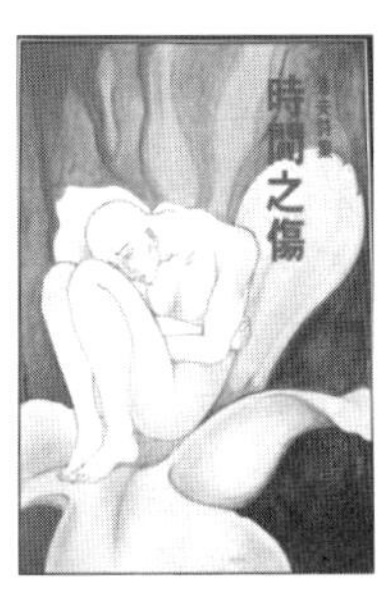

的《第一號鋼琴協奏曲》時，主題堂皇出現時，他會一邊彈一邊口中唱著即興發明的歌詞：「沒有別人會這個，沒有別人會這個……」只有他會，因為他不像是人，比較像是從另一個世界竄進到人群間的魔鬼。

李斯特也有「魔」的形象。洛夫像李斯特，那麼瘂弦就像蕭邦。蕭邦作品不多，但經過兩百年，他絕大部分的作品，今天仍然在音樂會上反覆被演奏，反覆被錄音。蕭邦幾乎沒有什麼「被遺忘」的作品。相較之下，李斯特作品堆積如山，風格多變，是個寶庫，但兩百年後，大部分作品都很少演出，只剩下幾首「固定曲目」高度流傳。

不管出過幾個版本，實際上瘂弦總共就只寫過一本詩集分量的詩。但他的詩，幾乎每一首到今天都可讀、都值得讀、都能直擊讀者內心，不管是什麼樣的讀者。相較之下，洛夫作品多得多，風格又各自不同，他的作品當然不可能有那麼高的濃度、那麼整齊的完成度。更重要的，不同讀者對於洛夫，會有不同的選擇，喜愛他這個時期、不喜歡他那個時期，中間可以有很大的主觀差異。

我偏愛《石室之死亡》，主觀認定那是洛夫最高傑作，是台灣現代詩「黃金年代」的燦亮驕傲，應該是毋庸再強調、凸顯的了。

洛夫　事記

1928　五月生於湖南衡陽，本名莫洛夫。

1949　國軍在湖南招考青年入伍，洛夫隨軍隊抵達台灣。

1951　考入政工幹校第一期。

1953　畢業，分發至左營海軍陸戰隊。

1954　與張默、瘂弦合辦了創世紀詩社。

1957　詩集《靈河》出版。

1959　於軍官外語學校畢業，到金門任聯絡官。

1965　《石室之死亡》（創世紀詩社）出版。越戰後期奉命參加駐越軍事顧問團擔任英文祕書，期間發表了作品〈西貢詩鈔〉。

1967　十一月返台，又入淡江文理學院英文系讀書。出版詩集《外外集》。

1970　出版詩集《無岸之河》。

1973	淡江英文畢業，並在同年八月以中校軍階退役，軍職退役後轉為教師。
1974	詩集《魔歌》出版。
1975	出版詩集《洛夫自選集》。
1976	詩集《眾荷喧嘩》。
1981	詩集《時間之傷》出版
1986	獲吳三連文藝獎。
1988	《因為風的緣故——洛夫詩選》出版
1991	獲國家文藝獎。
1994	《石室之死亡》英譯本，由美國漢學家陶忘機（John Balcom）教授譯，舊金山：道朗出版社出版（Taoran Press）。
1996	移居加拿大溫哥華。
2000	《洛夫・世紀詩選》出版。

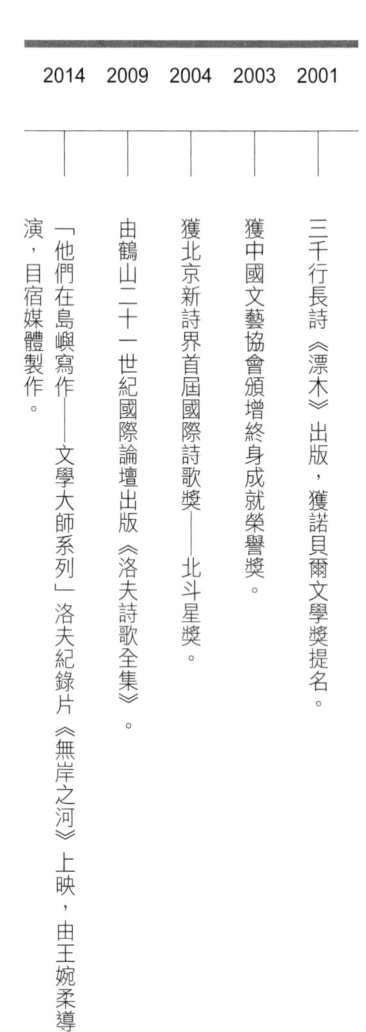

2001 三千行長詩《漂木》出版，獲諾貝爾文學獎提名。

2003 獲中國文藝協會頒增終身成就榮譽獎。

2004 獲北京新詩界首屆國際詩歌獎——北斗星獎。

2009 由鶴山二十一世紀國際論壇出版《洛夫詩歌全集》。

2014 「他們在島嶼寫作——文學大師系列」洛夫紀錄片《無岸之河》上映，由王婉柔導演，目宿媒體製作。

超現實主義風景

——商禽

現代詩是為「濃縮文本」

不論東方或西方，詩都是起源於對聲音的敏感追求。人很早就發現了，聲音有其內在的自然規律，並且學習著將這樣的規律運用在語言上。

從這樣的起源上看，詩的一項工作，在於揀選聲音，去除不重要或不好聽的聲音，留下、排比重要的、好聽的聲音。詩與音樂有著同樣的根本用心。人什麼時候、為何開始有音樂？當人意識到原來我們活在混亂的噪音環境中時。如果不能感受到噪音，被噪音干擾，也就是在心中湧現出對於無秩序錯雜聲音的厭惡，人不會有那麼明確的衝動去尋找並創造音樂。活在噪音裡仍然感到自在的人，不覺得需要音樂，不可能理解音樂的價值，當然更不可能去創造出音樂來。音樂從那一份衝動而來：覺得受不了，覺得要把傳進耳朵裡的某些聲音排除出去，覺得要重新整理、安排這些聲音，找到更好、更對的聲音品質與聲音秩序。

詩也是一種聲音的藝術，只不過詩是對應一般、日常的語言聲音，抽取出其中部分的聲音，進行有意的安排，換句話說，相較於鬆散無序的一般、日常語言，顯現為一種濃縮的、精簡的新聲音。

在傳統詩中，詩必然是濃縮、重排過的語言聲音。寫傳統詩，最關鍵的能力，就在於選擇聲音，什麼聲音是對的，什麼聲音是好的，依循著聲調、韻母、節奏等不同標準選出對的、好的聲音來，詩才能成立。傳統詩的規矩，就在幫助人找到對的、好的聲音；傳統詩的寫作，主要也就在於嫻熟規矩，依照規矩安排對的、好的聲音。

讀詩，我們很容易從直覺就知道，詩比日常語言要來得精簡。許多日常語言中的聲音，入不了詩；更重要的是，日常語言中許多「自然」的聲音次序、聲音關係，被排除在詩之外。傳統詩呈現的是濃縮後的聲音。從傳統詩到現代詩，「濃縮」、「密集」這項性質仍然極為重要，現代詩也是一種「濃縮的文本」。

仍然是憑藉著直覺，我們就能清楚感受到現代詩這種東西，和台灣電視新聞用語，恰恰是相反的。意思是在語言的使用上，電視新聞的基本方式，是將很少的內容灌水加長，一句話能說完的，一定要拖成八句。倒過來，現代詩卻是將原本生活中用八句話來說的內容，硬是濃縮精簡在一句裡。

看電視新聞，我們需要的本事，是忍耐那不斷稀釋拖長的語言，自行整理萃取其中真正有意義的那一句。那麼倒過來，我們也就很容易理解閱讀詩、閱讀現代詩應該採取的策略，那就是將太濃稠的語言予以展開、予以拉長、予以稀釋。

就像我們無法直接喝下濃縮果汁，第一口嘗到濃縮果汁一定要馬上停下來，趕緊去找水來對開一樣，擺明濃縮了日常語言的現代詩，也就逼著讀者不能用「正常」的方式來閱讀，非得慢下來不可。慢下來，尋找將這種濃縮語言「正常化」的對策。

空氣突然變成了液體，我們如果還是用平常的方式走路，增加了的質量和摩擦力一定會把我們遲滯擋住。我們走不了。現代詩以其語言的質量，與刻意安排的閱讀摩擦力，持續並堅持地抗拒我們用平常的方式來聽、來讀。

現代詩要你慢下來，要你動用更多的感官與思考，不讓你就這樣聽過去、讀過去。

啟動，脫出語言惰性

慢下來，在感官感知上，是有道理的。人和外在世界間的關係，不是由外在世界提供了多少訊息刺激來決定的，而是取決於我們用什麼樣的態度、什麼樣的方式來接收。現代詩以濃縮語言的形式，指引我們必須慢下來，也就是要更全面地動用想像與感受來閱讀。

接收外界訊息時，最恐怖的，就是「正常」速度、「自然」速度。那樣的速度容許我們處於低度敏感的狀況中，只選擇極少部分的訊息進入身體中，也就是半麻木的狀況。改變了速度，變快了或變慢了，將我們從那樣的習慣中拉出來，我們的感官才會提高警覺，磨利末梢尖端，因而接收、察覺了更多更細微的事物，也得以產生更深刻或更強烈的情感反應。

慢下來，意味著我們不自覺地承認，在我眼前的，不是個固定、重複、平常的經驗。走在馬路上，用正常的速度與感官走著，行道樹上的一片葉子，甚至整棵行道樹，都不會進入你的經驗裡，你不會意識到樹與樹葉的存在。但若是你因為任何的理由慢下來——心情低抑不知要去哪裡、約好的人遲遲未到——你才察覺到樹，察覺樹上丰姿各異的片片葉子，然後注意到其中特別的一片，正和樹枝若即若離，下一秒鐘隨時會離枝飄走。那片葉子，那片葉子的飄搖姿態，如此才真正對你存在。

等到那片葉子離枝落地後，你將葉子撿起來放在手上，於是你看到了那密密分布的葉脈，你感受了葉子邊緣柔細的毛狀鋸齒，你分辨出葉面本身和葉柄剛剛從樹體脫開之處，有著不一樣的氣味，而且你發現從葉子傳送過來的嗅覺刺激，竟然會逗引出一段幼時的記憶，一片鮮亮的綠色反影瞬時鋪滿了你的腦中……

現代詩產生於人已經太習慣語言文字，終日被語言文字包圍的時代。採取了濃縮文字的形式，就是要把人從將語言文字視之為理所當然的惰性中拉出來，逼你慢下來，逼你真正看到文字、讓文字能夠盡可能全幅地觸發你的感受。即便是完全一樣的一句話、完全一樣的一段意思，放在詩中，讓你用慢下來、更敏銳的方式去讀，幾乎必然會帶來不同的領會。

就如同在現代藝術中，杜象（Marcel Duchamp）所進行的石破天驚挑釁。查找任何關於杜象的介紹，一定會提到他將馬桶掛到美術館展覽牆上的事。馬桶，而且就是一般人家廁所裡用的馬桶，不是什麼特別設計燒製的馬桶！馬桶是藝術品嗎？馬桶值得展覽？這豈不是可惡的惡作劇嗎？

表面上是惡作劇，但不只是惡作劇。同樣的馬桶，被掛到了美術館牆上，從不同角度，更重要的，用不同態度來看，我們會發現其實自己真的沒有好好看過馬桶，沒有真正認識過自己每天使用的這樣東西。杜象要指出的是：藝術的關鍵不在「什麼」，而在「如何」。你願意用對待藝術品的仔細欣賞態度來對待馬桶，或其他日常生活中被我們視若無睹忽略的物件，例如腳踏車車輪，這些物件就具備了藝術品的特性，呈現出離開日常、平庸的特殊形體與光影之美。

日常是藝術最大的敵人，無法離開日常，我們就永遠只能看到平庸、無聊，感知不到美。

經驗受意識中的「分類」與「選擇」捆綁

將馬桶掛到美術館牆上，杜象同時開拓並解放了藝術的範圍。藝術作品不必然要畫在畫布上，或用大理石來雕刻，如果我們有一副「藝術之眼」，從感知非常視覺光影形色的角度出發，日常用具也都能在我們眼前神奇地轉型為藝術品，或說轉型煥發出一種美學經驗之光。重點不在什麼東西是或不是藝術作品，而是我們能否用藝術感知的態度來對待這些東西。

美術館的空間影響了人，讓人專注、用心來觀看，當你以觀賞名畫的態度專注、用心時，其實就連馬桶、車輪，甚至一片單純的色彩，都能對你展現特殊的美，至少是給予你以前從未有過的特殊視覺經驗。

今天我們會專程去到「齊東詩舍」參觀存留下來的老房子，仔細感受老房子的木柱木梁，及其包圍出來的空間，我們會讚嘆：「好美啊！」然而可想而知，當年住在這個屋子裡的人，每天習以為常地進進出出，一定不會覺得這樣的建築、這樣的空間安排有什麼美的。必須要離開了日常、正常，拉開一段非常的距離，我們才能感知美。

現代詩要讓我們和語言文字拉開非常的距離，創造出非日常、非自然的濃縮文字表現。和傳統詩不一樣的地方，是現代詩選擇濃縮、排比文字的原則，不是以聲音為主要考量。傳統詩將好的、對的聲音留下來，排除不好聽、雜亂的聲音，因而得以形成音與義特殊應和的藝術；現代詩則要將這種選擇的精神，擴大到聽覺以外，包納所有的感官感受。現代詩的出發點，是排除日常生活中絕大多數重複的、無聊的、平庸的、雜亂的經驗，只選擇留下少部分，用這種方式濃縮了經驗，再將極少數留下來的感官感受，用心排比出一種獨特的秩序來。

人活著，和外在世界接觸，隨時都在進行感官的分類與選擇。哪些是重要的，會被我注意到的，哪些不是。在被我注意到的訊息中，還再分出哪些是重要到我會記得的，哪些不是。在會記得的訊息中，又再分出哪些動用大腦中的短暫記憶，哪些會被放進到長期記憶的區塊裡去。在會被長期存留的記憶中，有一部分記在顯意識間，可以自覺地回憶，另有一部分，則是壓抑入潛意識間，只有在作夢或閃神時，才不自覺地浮現出來。

我們被綑綁在這種分類與選擇中，我們總是用這樣的方式來感知世界。也就是說，除非有意識地掙脫開來，否則我們就只能如此認識這個世界，如此經驗這個世界，無意識地排除了其他和這個世界互動、感受這個世界的可能性。而正因為這個分類與選擇的架構如此基本，隨時都在作用，對我們的綑綁也就最緊，絕大部分時候，我們連自己被綑綁在這個架構裡的事實，都無從知覺，又怎麼能擺脫呢？

意象所顯現的世界

因而在現代詩的創作與討論上，「意象」如此重要。「意象」就是詩人擺脫了日常、正常模式，主觀地選擇突出的感官對象。「意象」決定了一首詩的好壞，甚至決定了一首現代詩是否成立。

在眾多雜亂的外界刺激中，詩人選擇了此刻別人不會意識到、更不會認為重要的一道從玻璃窗間透顯進來的光，將之建立為一個「意象」。凝視著那道被日常、正常所忽略、所遺忘的光，詩人從那光影反推看見了玻璃上不平均的汙痕，將之建立為一個「意象」。從那汙痕而聯想到不知何時拿著布抹過玻璃的一隻手，將之建立為一個「意象」。這些「意象」，不是我們平常會注意到的，被用這種方式挑選、突顯，於是詩和詩人就能夠帶著我們、甚至逼著我們在感官上和現實發生不同的關係。

「意象」或「意象主義」意味著我們選擇了不同的東西、不同的感受，來顯現、來代表這個世界。因而值得被選擇放進詩中，用來建構起詩的「意象」，一定和一般我們「自然」會看到、會聽到、會聞到、會碰觸到、會注意到的東西，有其意外、相異之處。

所有人進入這個屋宇空間，都會注意到白色的牆、褐色的木架結構，以及幾條特別漆成了綠色的柱子。如果我們用這些元素來描述這個空間，那就是理所當然的，那也就不是詩。詩的成立，起自於在這空間中，你選擇去注意光所創造出的影子，人與物的影子；或者你選擇去突顯靜物影子固定的輪廓與人移動中產生的搖晃影子邊緣。沒有其他人會在這種處境下如此注意，你注意到了，你用個人特殊的方式感受這個空間，得以引導其他人警醒發現自己所忽略的、所匱乏的，這才是詩、這就是詩。

我們其實都擁有巨大的潛能，可以不斷調整知覺外界的方式。最簡單的例子，是完形心理學的實驗圖案，簡單的黑白區塊，集中注意看白的部分，你看到一只花瓶，換成集中注意看黑的部分，你卻看到了兩個相對

1983 台北

的人。在現實中，我們隨時都能藉由調整視覺、聽覺、觸覺等單一或混同的感官，而製造出不一樣的經驗。你可以專心聽老師在台上講什麼，你也可以轉而專心看著老師的手勢、手勢產生的一種節奏與韻律，同時將他所說的話，移為節奏、韻律的背景，話中的意義隱退了，不再是你經驗的一部分，他所說的話，變成了純粹的、抽象的聲音，配合著手勢動作演出，你所經驗的，不再是課堂，而是一段視覺與聽覺的動態感受。

然而我們經常忘掉自己所具備的這份能力，藉由主觀調整、戲弄現實的可能性，也就很少去試驗、動用這份能力，任其荒廢。以至於我們活在這個世界上，活得如此平凡，活得如此無聊。

現代詩連綴這些不平常的主觀「意象」，幫助我們調整注意的焦點，輕者重之、重者輕之、前者後之、後者前之，逗弄挪移之後，客觀環境被重新排列組合，我們哪裡都沒去，卻就得到了一個不一樣的，或迷人或可怕或歡悅或深邃莫測的世界。

散文詩與超現實主義

印刻版的《商禽詩全集》中，收有陳芳明寫的序文，其中一段說：

商禽作品是屬於困難的詩，讀者不得其門而入時，遂訴諸種種方式來貼近。然而種種理論、口號、意識形態都難以抓住他的詩風，反而是他的詩藝回頭來抓住所有的詮釋者。

至少有兩種標籤習慣加在他作品上——散文詩與超現實主義，前者是指形式，後者是指內容。許多讀者傾向於相信標籤卻懶於閱讀他的詩。由於「散文詩」一詞的濫用，使得他的詩人身分變得非常可疑；也由於「超現實主義」一詞的惡用，使得他的詩藝與詩觀常常引來誤解。

百口莫辯之際，商禽只能選擇沉默以對，不過他也有不得已而言的時候，必須為自己的詩表示態度。他認為自己創作的是「以散文寫詩」而不是寫「散文詩」。重點在詩，與散文無關。

同樣的，他也拒絕「超現實主義」的封號，對自己的詩觀，他頗具信心，堅稱「超現實」的「超」，應該解讀為「更」，與其說他的詩是「超現實」，倒不如說是「更現實」。以現在年輕世代流行用語「超帥」、「超遜」來解讀的話，商禽詩的「超現實」正是「極其現實」。英文的 Surrealism，並不能確切界定商禽，也許以 more realistic 或 extremely realistic 來定義他，庶幾近之。

關於「散文詩」的看法，我完全同意。商禽許多經典重要之作，在形式上都是「散文詩」，這些作品在精神意趣上，和「散文」沒什麼關係，為避免混淆，我寧可將之形容為「不分行的詩」，其表現手法及所要表現的內裡，都是不折不扣的「詩」。這部分的困擾，是讀者的問題，不是商禽的問題。讀者先入為主以為分行的就是「詩」，不分行的就是「散文」，習於偷懶地從分行不分行來判斷「詩」或「散文」，不願深究這兩種文類更根本的差異，才會有將商禽的「散文詩」誤認為「散文」的問題。

詩是濃縮的文本，其語言及經驗濃度，遠高於散文。分行，是詩在創造文字與經驗濃縮效果時，極為有用的工具。但那不過就是個工具性的手法，不是必然，更不能倒果為因，用分行來判斷是不是詩。

但陳芳明分辨商禽的詩不是「超現實」的意見，可就大有商榷餘地了。作為一個詩人，商禽可以主張自己的詩不屬於「超現實主義」，他有權利不願別人將他的作品放進什麼樣的派別、陣營裡，另外，他可以主觀地對於什麼是「超現實」、什麼是「超現實主義」，有自己的理解與看法。然而作為一個文學的評論者、文學史的研究者，我們不能理所當然跟隨、附和作者的意見，而不去問：在文學史上，「超現實主義」究竟是個什麼樣的潮流？「超現實」指的究竟是什麼？「超現實」與「超現實主義」有其在歷史上——文學史、藝術史、思想史——的相對客觀意義。

回到歷史上，陳芳明犯的關鍵錯誤在：「超現實主義」中的「超現實」，本來就是「更現實」、「極現實」啊！

自「我」中疏離的「自我」

西方的 Surrealism 在中文裡被譯為「超現實主義」，我們可不能因此就從中文望文生義，認為「超現實主義」就是「超越現實」，就是離開現實，和現實無關。

「超現實主義」絕對不是離開現實、不顧現實的天馬行空幻想，更不是和現實無關的胡亂書寫，愛寫什麼寫什麼。不現實、不寫實，奇幻魔幻，都不是「超現實」。

回到西方「超現實主義」產生的淵源，以及「超現實主義」所要追求的目標，那麼商禽的詩，明明白白、不折不扣，就屬於「超現實主義」，他寫的、他展現的，就是「超現實風景」。

瘂弦在一九五八年寫過一首詩，標題是〈給超現實主義者〉，副標則是〈紀念與商禽在一起的日子〉。顯然，那個時候，瘂弦清清楚楚自認，他和商禽，都是「超現實主義者」。

講「超現實主義」，不能不從佛洛伊德講起。佛洛伊德的精神分析產生了巨大的革命，使得人和「自我」的關係，徹底改變了。佛洛伊德之前，人可以理所當然地認為了解自己，主張：「沒有誰比我更了解我！」但在佛洛伊德之後，這樣的主張、這樣的自信，就算沒有被推翻，也遭到了嚴重的打擊、質疑。

佛洛伊德精彩地分析人意識的基本結構，有顯意識，還有潛意識。佛洛伊德更挑釁地提出了相反的洞見主張：「你無法承擔了解自己。」人活在這個世界上，我們能用來應對世界的精神能量，每個人的能量大小容有不同，但畢竟都是有限的。但相對地，我們要接收、處理的外界訊息與刺激，卻近乎無限。莊子說的：「以有涯逐無涯，殆矣！」要用有限的精神能量來應付、追逐無限的刺激，的確是很危險的事。

從佛洛伊德的角度看，最危險的是一旦我們無節制地接納、追逐精神刺激，耗掉了太多精神能量，會導致身上找不出足夠的能量來處理日常生活，來過「正常」生活。沒有辦法「正常」生活，人就出現了精神病徵，嚴重的話，就變成了別人眼中的瘋子。

因而人的身體裡，有一套不得不然的自動機制，一方面不斷排除眾多外界訊息刺激，進行嚴格揀選；另一方面將有可能耗費掉最多精神能量的事件、經驗，予以「壓抑」。

什麼樣的事件、經驗會被壓抑？會給我們帶來極端強烈情緒反應的，不管是極端的痛苦，或極端的快樂；極端的驚嚇，或極端的感動。從精神能量的運用上來看，這些表面相反的情緒，其共同之處，就在都要吸納、耗費我們太多能量，使我們的精神能量失衡，帶來無法「正常」生活的威脅。

於是我們必須將這些「非常」的情緒與經驗，壓抑下去，不讓它們留在顯意識中，占用我們有限的精神能量。但我們又無法真正、徹底取消、遺忘這些帶來最大衝擊的情緒與經驗，只能把它們壓下去，壓進到一個如同牢籠般的「潛意識」裡。

也就是說，我們人生裡的極悲極喜、極怒極樂，都藏在「潛意識」裡。相對地，留在「顯意識」中，我們隨時可以想起、可以感知的，只剩下平凡平庸，「正常」的情緒與經驗。

然而，你之所以為你，你之所以和別人不一樣之處，你的「自我」的特殊構成，不就是由那些「非常」的情緒與經驗來決定的嗎？正常的、日常的，你有，別人也有，大家都大同小異，那是群體的、公共的情緒與經驗，沒有真正的、真實的你，真正的、真實的自我在裡面。

是的，佛洛伊德就如此宣告：為了能夠正常過日子，我們其實都在掩藏自我，不是對別人掩藏，而是對自己掩藏，你不敢、不能面對由「非常」情緒與經驗所決定的真實自我。所有顯意識層次的自我認知、自我理解，因而都是膚淺的、都是虛假的。

你不能在顯意識認知的現實中找到真實，要探觸真實，你必須往潛意識中挖掘，你得擺脫現實、超越現實，才能得到真實。

「超現實主義」探入內在潛藏的真實

所有足以改變我們人格個性的極端經驗，不管是傷害或歡愉，都必定讓我們「茶不思、飯不想」，也就是使得我們失去了應付日常生活的能力。於是，為了要能夠繼續吃飯睡覺，佛洛伊德告訴我們，我們必須有一種自動機制，將這些經驗壓抑下去，防止它們的干擾。因而，愈是重要的、關鍵的記錄，就愈是不會存留在你的表層意識裡，而是被關在嚴密看管的潛意識黑箱中。

佛洛伊德之後，人的形象徹底改變了。在這之前，人就是他所經驗、所感覺、所思考、所記憶的。在這之後，人自覺察知的經驗、感覺、思考、記憶的一切，退縮成為只是人的一部分，而且還是相對比較不重要的一部分。在這之外，還有一大塊累積潛伏的部分，真正重要的，都藏在那裡。佛洛伊德之後，人由光明些、理智些、有秩序些的顯意識，加上黑暗些、狂暴些、混亂些的潛意識構成。只是探究、整理顯意識不足以呈現人，更不足以了解人。

顯意識的層面非但不是人的全部，而且還往往是人用來欺瞞、掩飾黑暗真實的逃避機制。過去認為的那種自我形象，現在變得不只不完整，而且還不可信。你相信自己是什麼樣的人，正就是因為你無法承擔、承認自我的真相，那真相和你所相信的，很可能恰好相反。

這樣的新的人格架構下，那麼，我們如何認識自己？我們不可能放棄了解自己，但在佛洛伊德之後，我們不可能維持原來認識自己的方式，我們必須面對潛意識。

還好，如果潛意識是密不通風的黑箱子，也就不會有佛洛伊德的理論了。佛洛伊德能察知、描述潛意識，正就因為看守那個黑箱子的守衛，畢竟會有偷懶、鬆懈、失職的時候，在他恍神發呆或打盹休息，甚至生命失能時，壓在黑箱子裡的東西會偷跑出來。

佛洛伊德理論最早奠基於《夢的解析》，他對於「夢」的精彩解釋，就是將之看作是從潛意識裡偷跑出來的經驗、感受與記憶。那是原來被壓抑下去，被顯意識否認的東西。睡覺時顯意識的看守鬆懈了，於是它們有機會跑出來。但因為是偷跑的，所以它們不能以原貌出現，必須經過變裝。將「夢」視為變裝的潛意識訊息，我們就得到一個探入潛意識的途徑，透過一套還原扭曲的公式，去除變裝，看出那偷跑出來的壓抑經驗究竟是什麼，如此我們看到了人的另外一部分，那更重要的一部分。

人清醒時，顯意識的自我欺瞞就運作，只有在不那麼清醒時，睡著了、喝醉了、迷亂了或發瘋了，底下的真實才浮顯出來。

「超現實主義」要超越的，就是佛洛伊德所描繪的那個顯意識表層，超越了表層，才有辦法探入底層。離開了現實，不以現實的邏輯來表現，是為了趨近「更真實」的內在。

我們原來以為夢是虛幻的，夢是沒有道理的胡亂影像，但在佛洛伊德之後，夢變成了「超現實」。扭曲的夢不依循現實的規矩，然而夢自有其邏輯，透過夢的邏輯，我們得到的，不是非現實，而是比現實更真實的「超現實」，更真實的自我，至少是朝向更真實自我的種種線索。

夢的「折射」與「扭曲」

「超現實主義」要創造一種「夢的語言」去碰觸一般日常語言無論如何都碰觸不到的潛意識內在。放棄了表面的現實，才有辦法進入真實。夢的語言，或夢的意象，才能帶我們超越現實，去到收藏自我、管轄自我的內在領域。

「超現實主義」之前的「意象主義」，從日常現象中挑選出原本不被我們注意到的現象，將之經營、放大為「意象」，藉而重組我們的經驗，喚醒被日常、平常弄得麻木的感官感受。在手法上，「超現實主義」延續了「意象主義」，然而在「意象」的選擇上，有了自覺的差異，「超現實主義」刻意地由夢中，而非現實裡，去尋索「意象」，也就是說，「超現實主義」所運用、營造的「意象」，經過了夢的折射與扭曲，不會和現實裡的一樣。夢裡的現象去除了現實的秩序與邏輯之後，擺脫了時空的必然秩序。三十年前的小學同學，三十年前的稚幼形影，會在夢中和三十年後的你，加上昨天跟你一起喝酒的同事，坐在火車車廂裡瘋狂大笑，在夢中，你絲毫不會起疑，不會覺得這種事不對勁。

夢和現實間的第一項差別，就在「拼貼並列」。現實中不可能同時、同場存在的東西、現象，夢裡都可以自然將它們拉在一起，毫不勉強地並存互動。活著的、死去的，身邊的、遠方的，短暫的、恆常的……現實中的絕對對立，在夢裡，輕輕鬆鬆就跳過了矛盾對立，出現統一的夢的時空間。

夢和現實的第二項差別，是「轉型」、「變形」。現實裡，是什麼就是什麼，一隻狗永遠是一隻狗；一條項鍊永遠是一條項鍊；電影院關了燈或亮了燈，都還是那個電影院的空間。我在「齊東詩舍」對著五十人說話這項事實，從開始到結束，都不會改變。然而，如果是一場夢，那麼隨時「齊東詩舍」會變化為另一個場景，一下子把我們都轉換到山林裡，或四十年前的中山國小六年十六班教室裡，甚至某個我從來沒到過、現實地球上也絕對找不到的空間裡。如果是一場夢，這五十個人也一定不會始終保持是五十個人，很可能就變成了三隻喵喵叫的貓，外圍繞著一群邁著步伐走的長靴，聽得見靴子敲在地板上的聲音，卻看不見穿靴子的人，自己走著的一群靴子。

夢裡沒有任何東西、任何現象是恆定的。更特別的，夢中我們面對事物的態度也隨時在轉換變形，永遠不會確定固定下來。現實中看到了一群自己跨著步伐，沒有腳的靴子，我們一定會感到恐懼，然而在夢裡卻沒有這種「一定」。我可能會害怕，也可能會好奇卻全無恐懼，也可能根本沒把這群靴子當作什麼古怪的東西，理所當然地平常看待。

從夢的邏輯、以夢為對照來看，我們察覺了現實的特性，或說我們看待現實的基本態度。對於現實，我們有著一份不變的信任與安心——我們隨時假定眼前這個人就是這個人，這個杯子就是這個杯子，我們假定東西和現象都有「常性」，不會任意、任性地變化。然而，這份信任與安心，是假的、是自我欺瞞，否認否定了變化，為了讓我們在現實中過得容易些，我們刻意讓自己看不到變化，看不到前一秒和後一秒之間的差異。我們都活在虛偽、自欺的「常性」幻象中。

藉由夢，藉由夢的意象，藉由運用夢的意象的「超現實主義」作品，固定不變的世界被打破了，固定不變的信念被揭露為虛假的自欺。

不合邏輯的瞻望

「超現實主義」作品中充滿了不合日常邏輯的拼貼與變形。「Surrealism」的「sur-」，是超越日常邏輯，而在「超」的後面，還是有「-real」有「-realism」，清楚表示了「超越現實」是為了顯現不同層次，比現實更真的真實。

了解「超現實主義」是什麼，對於閱讀商禽的詩，太重要了。以對「超現實主義」的理解作背景，商禽的詩就沒有那麼難懂，沒有那麼難親近了。商禽主要傑作的核心，基本上就在「意象主義」和「超現實主義」之間，他最擅長運用現實或超現實的意象，來打破我們的日常假定，為我們展現一種奇幻卻又具體的新鮮風景。

商禽的名詩〈長頸鹿〉：

那個年輕的獄卒發覺囚犯們每次體格檢查時身長的逐月增加都是在脖子之後，他報告典獄長說：「長官，窗子太高了！」而他得到的答案卻是：「不，他們瞻望歲月！」

仁慈的青年獄卒，不識歲月的容顏，不知歲月的籍貫，不明歲月的行蹤；乃夜夜往動物園中，到長頸鹿欄下，去逡巡，去守候。

詩是濃縮的文本，有許多濃縮的手法。短短幾個字，這首詩有效地建立了讓我們印象深刻的意象——監牢與囚禁，有人被關著，另外有人在看管。囚犯們脖子愈長愈長，年輕的獄卒理所當然的判斷是：因為他們努力想要從窗口望出去，看到外面的世界，那個被和他們隔絕開來的世界，那個代表著自由、非監禁狀態的世界。

讀詩的時候，我們將這樣的濃縮文本在心中稀釋開來。雖然詩中沒說，但從監牢的意象，我們自然會感受到那份狹窄侷限、那份缺乏光線的黯淡，甚至那份源自於逼仄黑暗的濕悶。從而，我們也就立即能夠同理地感受到窗的誘惑。透進光、透進空氣的窗口，和監牢的意象相反，是監牢僅有的解脫，悶禁在牢房裡的人，必定會有靠近窗口的衝動。在牢裡，人會本能地想靠近光、靠近和外界僅存僅剩的連結。

所以，我們很容易追隨、認同年輕獄卒的判斷——被囚禁的人，為了要靠近窗、靠近光與可望不可即的自由，因而把自己的脖子愈拉愈長了。然而接著詩卻來了一個轉折，破壞了我們的認同與期待，年輕獄卒從典獄長——顯然是更年長、對於囚禁經驗有更深切理解的人——那裡得到的回應卻是：「不」。不是因為窗口、不是因為窗口透進來的光以及窗口所象徵的自由，使得囚犯們脖子愈來愈長。

典獄長推翻了年輕獄卒自以為的了解，也就是推翻了我們視為當然的假定——光與自由，是囚禁者最嚮往的，是甚至能改變他們形體的最大力量。典獄長說，還有比光與自由更大的力量，那是「歲月」，他們是因為「瞻望歲月」才長高拉長的。

那麼短的詩裡，第一段「年輕的獄卒」，第二段又說「仁慈的青年獄卒」，特別強調了他的年紀。他年輕，因而他「仁慈」。他的「仁慈」表現在會動用同理心試圖了解囚犯們的心情，並且在自以為了解時，會向典獄長報告，顯然希望打動典獄長願意將窗戶的高度降低，讓囚犯們可以更容易接近窗戶、接近光與一點點自由的夢想。

他的「仁慈」又表現在得到了典獄長不預期的答案後，一個他不懂的答案，他仍然努力地試圖弄清楚「歲月」是什麼，仍然想要知道究竟囚犯們在想什麼、在感受什麼。

歲月是什麼？為什麼囚犯們要「瞻望歲月」？他不懂，因為他是個「年輕的獄卒」，他身上還沒有留下歲月的烙痕，他還認為自己活在囚牢之外。

年輕的獄卒相信典獄長的回答，相信囚犯們是為了「瞻望歲月」才拉長了脖子，他是「仁慈」的，他不是一般冷血無情的獄卒，對於囚犯，他還存有著同理心，想知道為什麼會有比看見光、透過窗戶感受外界更強烈的衝動？歲月為什麼有那麼大的誘惑？「瞻望歲月」怎麼會是那麼重要的事呢？囚犯們嚮往外界、嚮往自由，是他能了解的，然而典獄長所說的「瞻望歲月」，卻在他的經驗與理解範圍之外。

年輕獄卒以為他知道囚犯在想什麼，典獄長卻給了他意外震撼，也是給我們意外震撼，否定了他原本的自以為是。那怎麼辦呢？要如何認識「歲月」？詩的最後，商禽帶點幽默地把他送進了動物園裡去。脖子最長的，是長頸鹿，依照這個邏輯，長頸鹿應該就是最常在「瞻望歲月」的了，那麼或許從接近長頸鹿、觀察長頸鹿，最有機會接觸、認識「歲月」？

這是趣味幽默，這同時也再度反映了獄卒的年輕，他的選擇，當然是天真的。天真的、仍然帶有童稚的聯想，使得他去了動物園。而他「夜夜……去逡巡、去守候」，因為那種做法是徒勞的，他不可能在長頸鹿身邊真正看到「歲月」，了解「歲月」。

「歲月」不在那裡，「歲月」是另一回事。年輕的獄卒不認識「歲月」，但大部分的讀者卻都能在他的不認識中，反過來發現我們自己所感傷體驗的。有什麼比自由更值得瞻望、更惹人想要追索？對於人生、對於時間、對於看不見也無法把握的未來的好奇與惶然，比自由還令人想要瞻望。

尤其在商禽寫成這首詩的年代，一九五九年的台灣，持續的戰亂變化帶來的強烈不安，讓人對於「歲月」格外敏感，渴望能夠看清楚從過去通過現在的未來走向，渴望能夠至少對於未來有點自主掌握控制的能力，比對自由的嚮往更有力、更根本。根本、有力到足以改變一個人，足以占領他的生活。

對於年輕天真的獄卒來說，人生最可怕的，就是失去自由；但有了年紀的典獄長卻知道，就連自由都無法安撫對於不確定的恐懼。人更想看的，是未來，是歲月的走向；人踮起腳尖、拉長脖子不斷瞻望的，是生命的下一步；人汲汲想知道的，是明天、下週、下個月、明年有什麼事會發生在我身上。

再深入一步看：年輕的獄卒以為自己在觀察囚犯，以為自己看到了他們對於窗戶與窗外的嚮往，年長的典獄長卻將這份嚮往普遍化，不是因為他們被囚禁了所以才想「瞻望歲月」，不，每個人，尤其是活在戰亂不安時代中的每個人，都在「瞻望歲月」。換句話說，面對歲月、面對不確定的未來，獄卒也是囚犯，也被囚禁在有限的現實裡，只能透過視野極其有限的一片小窗，眺望、揣測歲月與未來。

我們都是不確定未來的囚犯，我們都在焦慮地踮起腳尖、拉長脖子想要看見歲月時，扭曲了自己。

〈鴿子〉的三重意象

商禽的另一首經典名詩〈鴿子〉，由三個主要的意象構成。一個是人的左手與右手之間的關係；另一個是天空；第三個是在天空飛的鴿子。在眾多無數的事物與現象中，詩人選擇了這三個意象，用這三個意象重組了人的經驗與感受。

忽然，我捏緊右拳，狠狠的擊在左掌中，「啪！」的一聲，好空寂的曠野啊！然而，在病了一樣的天空中飛著一群鴿子：是成單的或是成雙的呢？

右手捏拳，用力地打入左掌中，發出聲響來，這是兩手之間的第一個關係，衝突的、對立的關係，而且在兩手的激烈攻防產生的聲響反襯下，感受到了世界的空曠。這是個孤寂站在曠野裡的人，只有一個人，但是他自己內在卻激烈衝突著。

曠野的廣袤，使得人意識到同樣的廣袤的天空，不過詩裡天空第一次出現，是「病了一樣的天空」，蒼白的、陰翳的、脆弱的、看起來不健康不完全正常的天空。那樣的天空，和透過聲響反映空寂的曠野，互相呼應。於是，當天空中飛來一群鴿子時，從主觀的眼睛看出去，看到的不再是「一群」，而是由空寂、蒼白感受延伸而來的問題：這些鴿子，也孤獨嗎？牠們是成單的，還是成雙的呢？第一段結束在「或是成雙的呢？」回頭提醒了開頭的意象——一個曖昧的成雙的關係，右手重重以拳擊打左掌的關係。

三個意象連環相繫。右手打左掌產生聲響，帶來空曠的感受，曠野對應同樣空曠寂寥的天空，天空中飛過鴿子，然後，鴿子如何結群飛翔的好奇又連回兩隻手，這右手和左手，「是成單的或是成雙的呢？」

於是第二段又回到左手和右手：

我用左手重重的握著逐漸髮散開來的右拳，手指緩緩地在掌中舒展而又不能十分的伸直，祇頻頻的轉側；啊，你這工作過而仍要工作的，殺戮過終也要被殺戮的，無辜的手，現在，你是多麼像一隻受傷了的雀鳥。而在暈眩的天空中，有一群鴿子飛過：是成單的或是成雙的呢？

兩手的關係改變了。原本握拳的右手現在「髮散」開來了。多麼精確的形容！右手不再握拳，鬆開來了，徹底地鬆開，如同完全沒有自主意志、沒有重量的髮絲一般地鬆開來。倒過來，現在的主控權在左手，左手緊緊握住右手，使得鬆開的右手手指「不能十分的伸直」。沒有意志、沒有重量，舒展卻又不能十分伸直的右手，被握在左手中，看起來、感覺起來，「多麼像一隻受傷了的雀鳥」啊！從這裡，手的意象，又連上了鴿子的意象。在天空中飛的鳥，落下來、受了傷無法再飛上天空時，就會和現在癱軟在左手中的右手一樣。

因而，就像我們無可避免會對受傷的雀鳥產生同情憐憫一般，左手，或說分裂了的自我意識，產生了對右手的同情憐憫。這是一隻怎樣的手？「工作過而仍要工作的，殺戮過終也要被殺戮的」，手，成為一個「換喻」metonymy，以部分借喻全部，手的遭遇，手的命運，「工作過而仍要工作的，殺戮過終也要被殺戮的」，也就是我們人的遭遇與命運。

人活著，就是不斷的辛苦勞苦；人活著，就是攻擊毀壞卻又躲不掉被攻擊被毀壞的過程。「無辜的手」，那工作與殺戮，不是手自己選擇自己決定的，卻必須由手來承擔；同樣的，我們充滿辛勞與毀壞的人生，不也是「無辜」的嗎？我們能對自己的人生有多少掌握決定權呢？多少時候不也就像是背後有更大的主宰，命令操縱我們在生活中工作了仍要再工作，明知終將也被殺戮卻無法停止殺戮嗎？

然後「天空」的意象第二次出現，這次是「暈眩的」，從第一段的「生病的」聯繫延續下來，生病的天空、彷彿像是受了傷的手，加起來造成了主觀的暈眩感覺，天旋地轉中，再次看到了「有一群鴿子飛過」，似乎是重複了第一段的意象，也重複了第一段的自設問題：「是成單的或是成雙的呢？」但如果我們進一步讀了第三段，領受了第三段的發展變化，回頭我們會對第二段這個結尾，有很不一樣的解讀。

打破單純的線性閱讀設定

作為濃縮文本，詩的一項特色，就在打破了單純的線性閱讀設定。先讀前面再讀後面，前面說了什麼，影響、決定讀者如何閱讀、理解後面的內容，這是一般的閱讀方式、閱讀邏輯。然而，濃縮的詩要求讀者將文本稀釋展開，也就必然假定不會單純地從前面讀到後面，會有來回反覆迂曲的過程，於是也就能夠倒過來，用後面的內容，來重新呈現前面。

〈鴿子〉的第三段：

現在我用左手輕輕的愛撫著在抖顫的右手：而左手亦自抖顫著，就更其像在悲憫著她受了傷的伴侶的，啊，一隻傷心的鳥。於是，我復用右手輕輕地愛撫著左手……在天空中翱翔的說不定是鷹鷲。

如同受傷雀鳥的右手抖顫著，握著右手的左手，這時也一樣抖顫著。兩隻手都在發抖，但兩手發抖的理由不一樣。右手是被命運操控，不得不「工作過而仍要工作，殺戮過終也要被殺戮」，因而受傷抖顫，左手則是無奈也無能為力在一旁同情憐惜右手所以抖顫。它的抖顫，來自「傷心」。右手和左手，這時變形為兩隻鳥，兩隻悲哀相伴的鳥。

兩隻手相依為命，右手也輕輕地愛撫回應左手。然後，天空和鴿子的意象第三度出現，這次，兩個意象融合在一起，變成了一個殘酷的意象，天空中飛的，說不定根本不是鴿子，而是獵殺鴿子的鷹鷲。這個意象轉折出現，同時也就神奇地將左手和右手，變形為兩隻鴿子，而且是兩隻在鷹鷲獵殺威脅陰影中，相依為命的鴿子。

第一段的「起」，第二段的「承」，到了第三段有了戲劇性的「轉」，生病的天空、暈眩的天空，這時變成了殺戮的天空。天空中飛著的鴿子，這時變成了凶猛的鷹鷲。回頭，兩隻手的抖顫，也有了新的一層意義，為什麼發抖？因為它們是像雀鳥般的脆弱獵物，活在「終也要被殺戮」的威脅中，無力抵抗，甚至無能逃離。

如此，我們重新檢視第一段和第二段結尾重複兩次的問題：「是成單的或是成雙的呢？」就發現雖然看似一樣，兩段問句有著不同的重量。第一段讀來是相對天真、事實性的問法，看到一群鴿子，好奇地觀察，飛翔中鴿子是個別地飛，還是成雙成對地飛，如此而已。第二段，卻是帶著沉痛的預感在問：那些成雙成對的鴿子，都能夠保有他們的伴侶嗎？還是有些伴侶受傷了、甚至被殺戮了，再也飛不起來呢？

詩的第四段，改由天空的意象帶頭：

在失血的天空中，一隻雀鳥也沒有。相互倚靠而抖顫著的，工作過仍要工作，殺戮過終也要被殺戮的，無辜的手啊，現在，我將你們高舉，我是多麼想——如同放掉一對傷癒的雀鳥一樣——將你們從我雙臂釋放啊！

這次，天空是「失血的」。從「生病的」到「暈眩的」，再到「失血的」，都是蒼白的，但是「失血的」多加了暴力的暗示，呼應了「鷹鷲」。現在，是因為鷹鷲暴力殘殺的威脅，而使得天空看起來蒼白、可怕。「失血」隱隱地指向天空中鴿子和鷹鷲間發生了什麼事。這時候，天空中看不到雀鳥了，第一段中呈現的曠野，此刻更加「空寂」了，空寂到只剩下如同受傷雀鳥般的兩隻手，「相互倚靠而顫抖著」，毫無選擇餘地地必須面對既定的命運，「工

1998 金門

作過仍要工作，殺戮過終也要被殺戮」。

詩的結尾，詩的高潮，是手的主人將兩隻手高舉起來，他希望將手變成鴿子，讓手可以飛到天空中去。然而，他的希望注定落空，不僅只在現實上，雙手聯繫著雙臂綁在他身上，更重要的，「工作過仍要工作，殺戮過終也要被殺戮」的手，不可能「傷癒」，那傷是絕對的，無從擺脫無從休養。

商禽的詩呼喚釋放、探索自由，然而給予他的詩內在強大力量的，毋寧是誠實地面對了釋放與自由的不可能、不可得。他絕不是開放、樂觀地歌頌自由、追求釋放，而是悲觀悲劇性地對照顯現自由、釋放如此遙不可及。手就不是雀鳥。不管我們如何同情自己的手，我們就是不可能像釋放雀鳥般釋放我們的雙手。從自由的角度看待自己的手，只會讓我們更加無奈，於是轉而幽微地體會到，即便有一個在背後控制我們的主宰者，即便這個主宰發了好心要釋放我們，給我們自由，他也不見得做得到吧？

還有另一層的無奈。生病的天空中飛著一群鴿子，暈眩的天空中飛著一群鴿子，然後，失血的天空中不再有雀鳥飛著，鴿子、雀鳥可能都被鷹鷲攫獵走了。把手像鴿子般釋放了，鴿子有了自由，就好了嗎？自由有自由中的威脅，自由有自由的代價。就算必須活在被掠奪的威脅中，還要自由嗎？

這首〈鴿子〉，和前面的〈長頸鹿〉，都有一份不容忽視、不容否認的潛藏低音（undertone），都碰觸了更深層的，連自由都無法解決的不安。商禽如此冷靜地以其意象揭露著那個時代的幻夢——當人不自由時，對於自由的渴望會被放大為萬靈丹，以為釋放了、自由了，問題就解決了。不，時代的巨大不安，倉皇未來的不確定性，近乎宿命的殺戮與被殺戮，不是單純自由就能取消的。

囚犯們嚮往自由，但他們更期待能掌握未來、看見歲月。某種比意志更巨大的黑暗條件，永遠在自由的天空中盤桓威脅著。

我們心中的恐懼，一部分來自我們也參與了這黑暗的條件。〈鴿子〉詩中兩次出現「無辜的手」，但如果手是無辜的，那誰是有罪的呢？是誰使得手參與了殺戮，並注定終將也被殺戮呢？支使著手的，只能是人，那個矛盾痛苦地想要釋放雙手卻做不到的人。而他那麼想釋放雙手，一部分原因，豈不也就在於他不想再支使手去工作、去殺戮嗎？

人無法停止支使自己的手去工作、去殺戮，人也無法抗拒被背後更大的力量支使著去工作、去殺戮。與人相比，手是無辜的；與背後巨大支配力量相比，個人是無辜的。

商禽把我們帶到那麼深那麼深的地方，讓我們體會不透過詩我們就體會不到的痛苦。

澆熄憤怒的無邪告白——〈滅火機〉

憤怒昇起來的日午，我凝視著牆上的滅火機。一個小孩走來對我說：「看哪！你的眼睛裡有兩個滅火機。」為了這無邪告白；捧著他的雙頰，我不禁哭了。

我看見有兩個我分別在他眼中流淚；他沒有再告訴我，在我那些淚珠的鑑照中，有多少個他自己。

這是商禽的〈滅火機〉。日午，一天中最熱的時刻，人處於憤怒，同樣也是躁熱的狀態中，需要降溫，需要「滅火」。這原本是太過簡單、太過直接的聯想意象——氣得滿肚子火，所以看著滅火器來滅火——然而，突然一轉，出現了一個小孩，徹底轉化了這個意象。

一個小孩天真的一句話，描述了單純的事實——人有兩隻眼睛，因而每隻眼睛中會反映出一個物象，現實裡一個滅火器就變成了兩個，「我」流下淚來。從「火」開始的詩，一下子轉到了「水」，不需要明說，我們都知道短短轉折間，火氣沒了、憤怒消散了。凝視著滅火器，但真正能滅胸中憤怒之火的，不是滅火器，而是小孩的「無邪告白」。

「無邪告白」為什麼會引出眼淚來？因為這樣的語言把人帶回過去的童稚年代，因為在這語言中乍然遭遇了自己遺忘了的時光，那種還自然地以直覺感受、認知世界的時光。還有，小孩的話，一下子把「我」拉出自我中心的思考外。以自己為中心，只會看到一個世界，渾然不覺這樣一個看似統一的世界景觀，是透過兩隻眼睛呈現的。在自我之外，小孩看到了兩隻眼睛，每一隻都反映了一個滅火器。

我們把自己輕易地當作一個整體，我就是我。然而，「我」其實從來都不是一塊純質的金塊或鐵板，「我」是由眾多元素、眾多部分、眾多現象所構成的。整體，只是顯意識中方便的虛構、甚至欺瞞。

透過小孩的語言，突然呈現了別人所看到的，而不是自己以為的「我」。不是由一個統一的視覺觀看、感知外界，而是連眼睛都有兩隻，分別映射成像著兩支滅火器。

太簡單的事實卻很少被意識到。無防備的情況下被提示了：主觀意識中的自己，和別人所看到的自己，不是同一回事。瞬間感動了，而且瞬間「滅火」了。詩中沒有說明「憤怒」從何昇起、為何昇起，但所有的憤怒，從一個意義上，不都來自我們自身與外界的事物或人之間的衝突、齟齬？自我突然被解消了，原有的憤怒也就必然改變了、瓦解了。

依循小孩話語的提示，「我」也注意到了小孩有兩隻眼睛，每一隻眼睛裡，都有一個流著淚的「我」，「我」和滅火器一樣，輕易且自然地就在他眼中從一個變成了兩個。他接受了小孩的相對主觀方式，放掉了單一的自我中心立場，於是由一而二，進而由二而多，他意識到自己流下的每一滴淚珠，也都形成了一個映照體，每一滴淚珠中都有一個小孩，每一滴淚珠中都有一個映照出來的世界。

短而精巧的詩，傳遞著「滅火」的慰藉。巧合、不意的靈光，刺激我們放掉了——即便只是一時——主觀的自我，換成一種迷離、多元的觀照。那映現在一顆顆淚珠中的眾多小孩影像，神奇地，就帶給我們一份足以抗拒憤怒、消解胸火的安慰。

滿鋪靜謐的山路的〈躍場〉

接著來讀商禽的〈躍場〉。關於標題，商禽自注：「躍場為工兵用語，指陡坡道路轉彎處之空間。」工兵在興築道路時，遇到陡坡必須多打一塊空間出來，讓上下的車在轉彎處相遇時得以相閃避車，這樣陡坡上延展出去的空間，被稱為「躍場」。

滿鋪靜謐的山路的轉彎處，一輛放空的出租轎車，緩緩地，不自覺地停了下來。那個年輕的司機忽然想起這空曠的一角叫「躍場」。「是啊，躍場。」於是他又想及怎麼是上和怎麼是下的問題——他有點模糊了；以及租賃的問題，「是否靈魂也可以出租……？」

一般語言中，我們說「安靜的山路」，但詩人形容為「滿鋪靜謐的山路」，「安靜」是聽覺的描述，「滿鋪靜謐」則混和了視覺與聽覺，混和了否定與肯定，將原本「沒有聲音」的「安靜」具體化為彷彿可以占有空間的東西，鋪滿了整條山路。

只有司機自己一人的出租車經過「躍場」，經過那樣一塊多出來的避車空間，很自然地就將車停避在那裡，也很自然地想起了這塊地方的特有名稱，「躍場」。然而這麼自然的反應中有了不那麼自然的成分，「躍場」，跳躍的場地？什麼東西在跳躍呢？又要從這裡跳躍到哪裡去呢？這「躍場」是要讓我們向上跳，還是向下跳的呢？

「躍場」原來是個「專有名詞」，就像你的名字是個專有名詞，指的就是你這個人；「齊東詩舍」是個專有名詞，指的就是這個空間；俄羅斯是個專有名詞，指的就是那個國家……我們平常看到專有名詞，就自然連結到這個名詞指涉的物件上去。這就是一般的現實。

然而，不時會湧現那種「超現實」的片刻，我們的感受方式離開了平常的連結關係，不是理所當然地認定「躍場」就是這個陡坡上的避車空間，而是還原了「躍場」的原意本意，一個跳躍的場所，眼前浮現了跳上跳下的影像，想像的幻影和眼前的實景疊合在一起，悚然心驚，在這樣的陡坡上，要怎樣跳？是要往上跳、還是要往下跳？「躍場」的上在哪裡、下又在哪裡？

在那瞬間，現實不再是現實，因為被從構成現實的連環關係中拉了出來。我們平常看一個中文字，那就是一個字，有聲音有意思，在一連串的字之間。然而會有那種極為少見的瞬間，一個中文字突然在你眼前還原為一個圖案，突然覺得那圖形很陌生，突然覺得沒有把握自己認得這個字，突然好奇、疑惑這個字為什麼是這個字，或說為什麼這個圖形會是這個字。

「躍場」離開了原有約定俗成的專有名詞意思，帶給了這位年輕司機非現實的聯想。然後，他就對另外一個名詞產生了非現實的聯想。車停在那個轉彎角上，他想到自己開的是「出租轎車」，租賃車，那麼出租的是什麼？只是車嗎？作為一個出租車司機，我是出租的一部分嗎？什麼可以租、什麼不能租呢？可以出租靈魂嗎？

那一刻，本來不是問題的，都成了困惑的問題。接著第二段：

> 而當他載著乘客複次經過那裡時，突然他將車猛地剎停而俯首在方向盤上哭了；他以為他已經撞毀了剛才停在那裡的那輛他現在所駕駛的車，以及車中的他自己。

「複次」，不只是「再次」，而是帶著複數多次的意涵。兩個時空交疊在一起——他自己一個人開車經過「躍場」，由「躍場」引發種種聯想的時空；和後來，儘管懷疑過了「是否靈魂也可以出租」，他仍然回到既定的現實關係中當出租車司機，有一次載著客人又經過「躍場」。他為什麼哭了？因為他意識到自己就是在出租靈魂。再次經過「躍場」，內在直覺告訴他，當時在這裡所想所懷疑的，是真實的、是對的，但自己卻無法面對真實。離開那片刻的真實，他回到「複次」的習慣生活中，一次又一次將自己的靈魂，隨著沒有靈魂的汽車，一起租給坐在車後座的人。

詩描述的，當然不只是那個年輕的司機，他是我們所有人的代表。回頭問問自己：有多少時刻，我的靈魂是屬於自己的？又有多少時刻，靈魂以各種不同方式租給了別人，租給了外在的威嚇或引誘力量？你曾經意識到嗎？你在意嗎？

再次經過「躍場」時，這個年輕司機意識到了，他強烈地感受到對於真實自我，還會懷疑「是否靈魂也可以出租」的自我的背叛，那份感受強烈到使得「突然他將車猛地剎停而俯首在方向盤上哭了」，他扼殺了曾經超脫固定現實，看見超現實、更真實靈光的那個「車內的他自己」。

也可以換個方向看：再次經過「躍場」，想起了那個在此與真實直面相見的自己，現實

商禽畫作

的、繼續出租靈魂的他，衝動地寧可選擇將那樣的更真實、卻也難以承擔的自己撞毀，他不要再被提醒出租了靈魂的事，他毀掉了那另一個自我，然後在這樣的衝動決定中，悲從中來，「俯首在方向盤上哭了」。

人不願被提醒生活有多悲哀，即使是這提醒來自自己。我們寧可選擇逃避，寧可將責任怪到提醒者身上，將提醒者趕走、摧毀我們不想聽的提醒。然而，在試圖消滅這份提醒時，我們卻又必然知覺：這樣的摧毀、消滅不可能徹底，摧毀、消滅的衝動同時也在反映生活的悲哀與卑微。如果不是悲哀的、卑微的，我們也不必忙著要去摧毀、要去消滅那更誠實、更真實的意識了。

在夢境般的拼貼和變形中越界

〈界〉：

據說有戰爭在遠方。……

於此，微明時的大街，有巡警被阻於一毫無障礙之某處。無何，乃負手，垂頭，踱著方步；想解釋，想尋出：「界」在哪裡；因而為此一意圖所雕塑。

而為一隻野狗所目睹的，一條界，乃由晨起的漱洗者凝視的目光，所射出昨夜夢境趨勢之覺與折自一帶水泥磚牆頂的玻璃頭髮的回聲所織成。

這是典型「超現實主義」的手法，如同夢境般並列拼貼且不斷變形的意象組合。意象與意象之間，不是依循現實的秩序原則，而是如同夢一般，顛倒、折返、夾插。

一個應該要巡邏的「巡警」，卻停滯在微明的大街上，被阻擋住了。照說他是個哪裡都能去、哪裡都應去，沒有別人可以阻擋他的巡警，任何有形的障礙他都擁有權力可以排開，但這次沒辦法，因為擋住他的，是「一毫無障礙之某處」，沒有障礙，也就無法排除。走不過去了，無可奈何，他只好背著手垂著頭在一小方空間來回走著，困惑並努力思考——「界」在哪裡？「界」是什麼？為什麼有的地方可以過去，有的地方，在「界」的那邊的地方，是過不去的？

他陷入在對於「界」的思索，困惑於毫無障礙的「界」將他擋住的情況，整個人都被這個問題籠罩了，只剩下要把「界」解出來的意圖。他被凝結在那個空間中，凝結在尋找答案的「負手，垂頭，踱著方步」的模樣中。

然後跳接到另一個似夢的情景，從「微明」到「早晨」，一個剛起床在刷牙洗臉的人，從昨晚所夢見的某個「傾向」，模糊、不清楚的感覺，加上「折自一帶的回聲」——眼中所見的變形為如同聲音般會折射出回聲來，視覺被聽覺化之後，以「回聲」的形式，而不是物體、景象的原有形式被知覺，他看到、或聽到、或夢到，一堵牆，牆上有著「玻璃頭髮」，也就是在牆頭嵌了許多阻止攀爬的玻璃片。

讓我們重新整理一下。這位「漱洗者」早晨醒來，意識迷糊朦朧，在現實上交疊著他夢中感覺到的某種無法說明清楚的「趨勢」，某種幽微的情緒。弄不清現實或想像的一堵牆，牆上嵌滿了玻璃，牆的形象不是直接、而是間接反射穿過層層迷離映了進來，如此構成了「界」，隔絕的、威嚇的、嚴禁攀爬跨越的「界」。

回頭我們看到了所有這一切的開端——

「據說有戰爭在遠方」。

這首詩的筆法極其隱晦，然而內在要表達的意涵與情感，卻十分明白。隱晦曖昧，逼迫讀者認真專心展開、解讀的筆法，才能帶領我們深刻地、而非膚淺走馬看花地去體會這份意涵與情感。

「界」在哪裡？把我們擋住，讓我們過不去的那條「界」，是如何構成的？那真正過不去的「界」，是以「有戰爭在遠方」為藉口（「據說……」），在想像的空間中圍起一道牆，在牆上嵌滿閃閃發亮的、恐嚇的玻璃，那玻璃密得像頭髮一樣，顯現絕對不容考慮要偷翻過去的嚴厲程度。

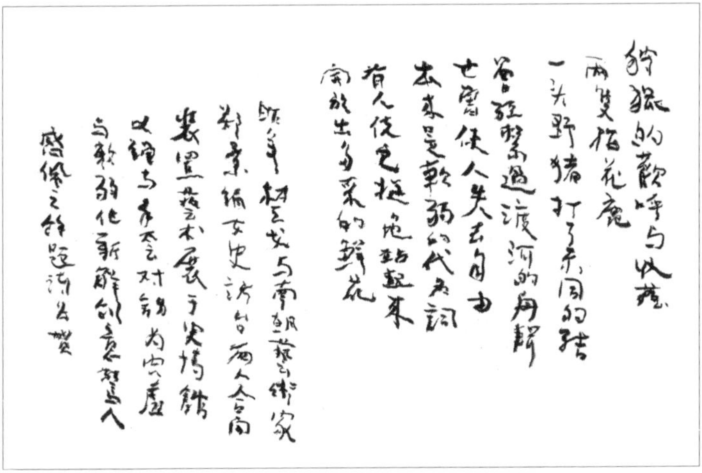

商禽手稿

戰爭，戰爭的藉口，用無形卻又無所不在的「界」，將我們的生活隔成一塊一塊。封閉的「界」不是具體的，它們存在於表面上看「毫無障礙」之處，但正因為是無形的，更難跨越。遇到障礙，你還能思考、想像如何超越過去，然而在「毫無障礙」的無形之界前，你只能「負手，垂頭，踱著方步」，被那無形、因而也就無法掌握的疑沮、恐懼給癱瘓了，什麼也不能做、什麼也不敢做。

那樣的「界」，人眼看不到，只有野狗看到了。因為野狗不是人，不受這種無形之「界」，能夠輕易走穿人的世界裡，「巡警」都跨不過的種種界區，所以我們只有透過野狗的眼睛，才能明白這「界」的組構。

「界」怎麼形成的？在日常生活的每個簡單動作中，總是迷離恍惚看到一堵又一堵的牆包圍著自己，而且牆上光閃著玻璃碎片，阻絕了一切想要攀爬跨越的衝動。人就活在由戰爭所塑造的重重無形圍牆中，活著、動著，但實質上被癱瘓了，成為一個個只有固定、有限動作的活人雕塑。

找到真實存在意義的現實

無形的「界」，是最嚴密的「界」，因為沒有真正可以跨越之處。衍伸地看：有形的、述說的語言，有著明確現實連結的語言，無法真正揭露現實；反而是無形的、隱蔽的語言，因為沒有具體、現成的現實指涉，才能逼著我們無法輕易越過，在艱難困惑中，深刻地、誠實地找到現實，不是表面現象的那個現實，而是帶有真實存在意義的現實。

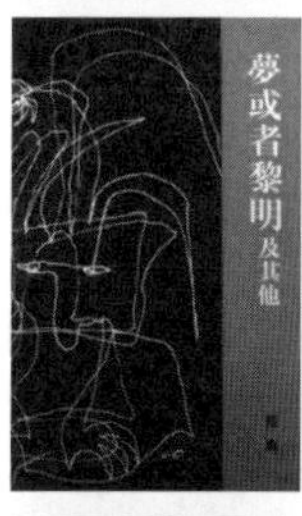

商禽　事記

1930　本名羅顯烆，三月出生於四川省珙縣。

1945　隨兄長從軍。

1948　與原部隊脫離，在被拉伕與脫逃中流浪西南諸省。期間蒐集民謠，並開始試作新詩。

1950　隨陸軍部隊來台。

1953　以羅馬為筆名在《現代詩》發表詩作。

1956　參加紀弦發起的「現代派」。

1957　以壬癸筆名發表詩作。

1960　以商禽為筆名發表詩作。詩作〈長頸鹿〉投《藍星季刊》被退回，第一次被退稿。

1961　〈躍場〉、〈滅火機〉……等十二首詩作，選入瘂弦、張默編《六十年代詩選》。

1967 與詩人羅英結婚。

1968 以上士階退伍。同年長女出生。

1969 應美國愛荷華大學國際作家創作專案邀請，以作家身分進駐，期滿時曾獲贈該校榮譽作家。同年十月，出版詩集《夢或者黎明》。

1970 或福特基金會獎助，繼續留美一年，先後在美中西部基金會、圖書館、博物館、大專院校等處朗誦詩作。

1972 詩作〈月亮和老鄉〉選入《現代文學》第四十六期「現代詩廿年回顧專號」，葉珊（楊牧）主選。

1974 應雲門舞集邀請寫〈寒食〉，許博允譜曲、林懷民編舞演出。詩作〈五官素描〉（組詩）選入《中外文學》第廿五期「詩專號」，余光中、楊牧主選。

1980 經畫家老友介紹，到《時報周刊》任職。

1988 詩集《用腳思想》（漢光文化公司）出版。同時出版《夢或者黎明及其他》（書林書店）。

1992 商禽詩集《冷藏的火把》瑞典文本、英文本，由馬悅然翻譯，分別出版。法文本書名《哀傷的鳥》，由艾梅里教授譯，同時出版。同年八月，自《時報周刊》副總編輯退休。

1999 商禽詩集《夢或者黎明》，被選入聯合副刊與文建會合辦的「台灣文學經典」書目三十本。其中詩集共有七本入圍，另六家是鄭愁予、瘂弦、余光中、周夢蝶、洛夫、楊牧的詩集。

2000 《商禽世紀詩選》由爾雅出版。

2001 商禽自畫像（彩色），堪虞《創世紀》第一二六期封面，之後瘂弦、碧果、管管、辛鬱的自畫像陸續登場。

2002 應邀參加第三十三屆鹿特丹國際詩歌節，並於《創世紀》第一三三期撰文追述會議過程。同年日本《藍BLUE》文學雜誌第七、八期合刊，策畫出刊「台灣創世紀詩人特輯」，內有商禽詩作多首，由尾岐裕日譯。

2006 《夢或者黎明》德文本在西德出版，賀致瀚譯，採中德文對照，收詩作八十八首。

2008 詩集《商禽集》列入「台灣詩人選集」，由國立台灣文學館出版。

2008 《商禽詩全集》，由印刻出版。

2010 因肺炎合併急性呼吸衰竭病逝於台北。

如歌的流離

——瘂弦

背誦詩的少年

我到今天仍然能夠整首背誦瘂弦〈如歌的行板〉。

溫柔之必要
肯定之必要
一點點酒和木樨花之必要
正正經經看一名女子走過之必要
君非海明威此一起碼認識之必要……

我一直記得年少時期讀到這首詩時，被詩中自由活潑、卻又流盪嚴整的聲音吸引的感覺，記得一邊帶點玩笑意味地唸著詩句，一邊那繁複的，介於真實與幻夢間、介於認真與戲謔間、介於哲學領悟與隨筆塗鴉間的意象，爭先恐後排闥而來，叫人幾乎應接不過來，意象熱熱鬧鬧翻翻滾滾，捲起的煙塵還有半天高時，詩卻已經戛然終止在：

而既被目為一條河總得繼續流下去的
世界老這樣總這樣：——
觀音在遠遠的山上
罌粟在罌粟的田裡

也總還記得，急切地把這整首詩吞噬在腦中，有那麼一個輕狂的瞬間，在奇特的浪漫衝動支使下，曾經對著一個女孩突如其來、莫名其妙地就這樣滔滔不絕的朗誦起來……

三十多年過去了，這些都記得，詩也還能一句不漏地背誦出來。然而就是忘了那個女孩是誰，那個輕狂瞬間到底在怎樣的情境下構成的。

一直到重讀林懷民的小說，才恍然大悟——難怪不記得那個女孩是誰，因為對著女孩沒頭沒腦背起瘂弦的詩的，不是少年時期的我，而是林懷民筆下的莊世桓。那是小說〈蟬〉下部剛剛開始的地方，莊世桓和陶之青、小范、朱友白、劉湎苓一起到溪頭去玩，不知為什麼莊和劉湎苓落單在亭子裡聊天，劉湎苓唸起 Beatles 的歌〈Blue Jay Way〉的一長串英文歌詞，大有感慨，〈Blue Jay Way〉感慨完了又讚歎〈A Day in the Life〉，劉湎苓唸完，莊世桓「頭一溜，衝著劉湎苓沒頭沒腦地」唸起瘂弦的詩……

劉湎苓不是〈蟬〉裡面最凸出的角色。應該這樣說：跟洗 Lux 香皂的吳哲、每天吞無數顆藥丸的小范、還有在西門町大街上聽見蟬叫聲的陶之青相比，劉湎苓是最沒有個性、面目最模糊的了。顯然在記憶的運作中，我把劉湎苓遺棄了，然而溪頭霧中聽著「散步之必要／溜狗之必要／薄荷茶之必要……」奇妙聲音的經驗卻流連相隨，進而從紙頁上立體化，錯覺自己才是唸詩的那個人了。

如歌的行板

瘂弦經典詩作〈如歌的行板〉：

廣　告　回　信
板橋郵局登記證
板橋廣字第83號
免　貼　郵　票

舒讀網「碼」上看

235-53

新北市中和區建一路249號8樓

印刻文學生活雜誌出版有限公司　收

讀者服務部

姓名：____________________ **性別：**□男　□女

郵遞區號：____________________

地址：____________________

電話：（日）____________________（夜）____________________

傳真：____________________

e-mail：____________________

讀者服務卡

您買的書是：________________________________

生日：　　年　　月　　日

學歷：□國中　□高中　□大專　□研究所（含以上）

職業：□學生　□軍警公教　□服務業
□工　□商　□大衆傳播
□SOHO族　□學生　□其他 ____________

購書方式：□門市 _____ 書店　□網路書店　□親友贈送　□其他 _____

購書原因：□題材吸引　□價格實在　□力挺作者　□設計新穎
□就愛印刻　□其他 ____________（可複選）

購買日期：_______年_______月_______日

你從哪裡得知本書：□書店　□報紙　□雜誌　□網路　□親友介紹
□DM傳單　□廣播　□電視　□其他

你對本書的評價：（請填代號　1.非常滿意　2.滿意　3.普通　4.不滿意）

書名_____　内容_____　封面設計_____　版面設計_____

讀完本書後您覺得：

1.□非常喜歡　2.□喜歡　3.□普通　4.□不喜歡　5.□非常不喜歡

您對於本書建議：

感謝您的惠顧，為了提供更好的服務，請填妥各欄資料，將讀者服務卡直接寄回或傳真本社，我們將隨時提供最新的出版、活動等相關訊息。

讀者服務專線：（02）2228-1626　讀者傳真專線：（02）2228-1598

溫柔之必要
肯定之必要
一點點酒和木樨花之必要
正正經經看一名女子走過之必要
君非海明威此一起碼認識之必要
歐戰，雨，加農砲，天氣與紅十字會之必要
散步之必要
溜狗之必要
薄荷茶之必要
每晚七點鐘自證券交易所彼端
草一般飄起來的謠言之必要。旋轉玻璃門
之必要。盤尼西林之必要。暗殺之必要。晚報之必要

穿法蘭絨長褲之必要。馬票之必要
姑母遺產繼承之必要
陽台、海、微笑之必要
懶洋洋之必要

而既被目為一條河總得繼續流下去的
世界老這樣總這樣：——
觀音在遠遠的山上
罌粟在罌粟的田裡

我可以從頭到尾一字不漏背這首詩，多年來一直如此，沒有遺忘、不會遺忘。而顯然，會背這首詩、會忍不住在某些莫名其妙的場合，突如其來背出這首詩，讓周圍的人感到

如歌的行板

溫柔之必要
肯定之必要
一點點酒和木樨花之必要
正正經經看一名女子走過之必要
君非海明威此一起碼認識之必要
歐戰，雨，加農砲，天氣與紅十字會之必要
散步之必要
溜狗之必要
薄荷茶之必要
每晚七點鐘自證券交易所彼端
草一般飄起來的謠言之必要。旋轉玻璃門
之必要。盤尼西林之必要。暗殺之必要。晚報之必要
穿法蘭絨長褲之必要。馬票之必要
姑母遺產繼承之必要
陽台，海，微笑之必要
懶洋洋之必要
而既被目為一條河總得繼續流下去的
世界老這樣總這樣：——
觀音在遠遠的山上
罌粟在罌粟的田裡

瘂弦手稿

莫名其妙的，不只我一個人。

至少還有一個人，我知道的，叫作莊世桓，多年之前，當他還是一個二十多歲的青年時，在霧中的溪頭早晨，他曾經難扼衝動地，沒頭沒腦對著一個叫劉渝苓的女孩，一句一句背出了瘂弦的這首詩。背完了，換來的是劉渝苓的一聲：「神經病啊！」

幾十年過去了，莊世桓神奇地沒有變老，還是那個二十多歲的青年。他沒有在現實中老去，因為他是林懷民中篇小說〈蟬〉裡的角色，他留在小說中，成了那個時代台灣青年的代表。

那是林懷民還沒有成為文化界「大老」的時代，那是「雲門」還沒有成立的時代，那是林懷民甚至還不是個舞蹈家、編舞家的時代，那個時代，他是個早慧的小說寫作者，也是台灣文壇最年輕的新星。

憑什麼林懷民成為「大老」？憑什麼瘂弦會得到特殊的「致敬」活動？為什麼要有一系列的紀錄片《他們在島嶼寫作》來記錄這些詩人、作家？他們的地位如何建立起來的？他們的來歷是什麼？

他們不是天上掉下來的，他們是有來歷的。我們可以、我們應該回溯去讀林懷民的

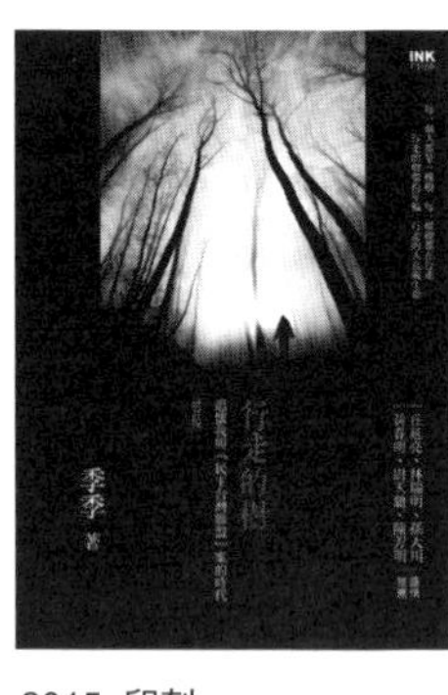

2015 印刻

〈蟬〉，透過他當時第一手的描述，了解這些人生活與創作的背景。今天我們也可以去讀季季的《行走的樹》，穿越四十多年的時空，試圖了解他們當年的苦悶、疑沮、恐慌和痛苦。

「雲門舞集」成了台灣藝術的頂尖代表，談台灣的藝術表現，不能不提「雲門舞集」，而「雲門舞集」就等於林懷民。但林懷民不是舞蹈科班出身的，滋養他、形塑他的，不是西方舞蹈傳統，更不是台灣原本既有的貧弱舞蹈環境，而是〈蟬〉所記錄的那個時代的台灣青年文化精神。

〈蟬〉小說中寫了莊世桓面對的兩段愛情，在其中的掙扎。一段愛情來自一個纖細、敏感的男生吳哲，雖知莊世桓不是個同性戀者，吳哲還是痛苦、無望地愛上了他。另一段愛情則是莊世桓深深地被一位叛逆、開放、個性激烈的女生陶之青吸引了。莊世桓徘徊在這兩段都不「正常」，也都不會有結果的感情之間，藉此鮮活地寫出了那一代「文青」的生活、思考與追求。

在那個壓抑、緊張、充滿各種監管恐嚇的時代，在青年苦悶卻又決不放棄追尋自我、發洩個性的情況下，突來一瞬，瘂弦的〈如歌的行板〉躍上心頭，適恰地帶來了紓解，貼切符合那一代的心境。

〈蟬〉所描畫的時代地下地圖

〈蟬〉小說中由莊世桓提供了大部分的敘事觀點，觀察、感受了兩個他都進不去的世界。一個是吳哲的同性戀情世界，另一個是陶之青所代表的嬉皮世界。莊世桓對這兩個世界沒有那麼清楚的羨慕、感應關係，這兩個世界找上了他，他無處可逃。那兩個從世俗眼光看來不正常、荒誕且荒淫的世界，誘惑著莊世桓，同時也依賴著莊世桓提供他們一點「正常」世界的陽光。

是了，陽光。〈蟬〉裡的莊世桓就像是射進吸血鬼蒼白世界裡的一道陽光。他和吳哲和陶之青，是像光明與黑暗的對比差距，然而卻又彼此致命相吸引，蒼白世界裡的吳哲、陶之青，他們也需要一點陽光，但只能一點，多了就不行。

那一點點陽光，幫我們照亮看到男性同志情感的吉光片羽。有些段落令人如此驚異、如此心酸、如此感動。

例如莊世桓在圖書館裡眼前突然浮現出「吳哲倚在浴室門口那張蒼白的臉」，因而：「那句『我以為你已經走了』陡然變成一幅求救的旗幟，鮮明得叫他無法漠視」，受不了心底折磨的莊世桓只好從圖書館出來，趕回和吳哲同住的地方。

2008 印刻

> 腳踏車一路喀啦喀啦響，下一刻就要粉身碎骨似的。他不管，箭逆著風，死命踩踏板，像趕著去救火。進了巷口，拐了彎，上了小橋，整棟公寓只有他們那個房子是黑的。居然不在！果然不在！

莊世桓抽了七根菸，才等到吳哲回來。吳哲「頭髮無有光澤，像防空壕上的一叢野草。眉也是亂的，惟有雙眸焚亮，但也只有入門的那一刻，而後亮光便斂了。整個人猶如一座細緻的石像，無有表情，就是立著。突突然然，垮下來似地陷進一隻短沙發。蹺起右腳，低頭，脫鞋，才解了鞋帶，又放棄了。放下腳，坐在那兒，用那盲人般空滯的眼神凝視著莊。」

隔了兩天，為了一個陌生男孩來找，莊世桓對吳哲發了一頓脾氣。

「好了！人家找上門來啦！」他怒氣沖沖衝進臥室，對吳哲嚷，想抓起他，給他一拳。而吳哲只是抱著吉他，僂著長腳，縮在床角，臉上一副「你罵我一句，我就死給你看！」的表情。莊世桓嘆口氣，雙臂抱胸，在門邊的床緣重重坐下。

許久許久，他們就是那樣坐著，兩個仇人似地凝視對方，像那夜吳哲回來時一樣。彷佛開天闢地以來，他們就這樣坐著，還得永遠這樣坐下去，在這座了無生氣的房子裡，永遠。

那一點陽光，更幫我們留下了六〇年代台北苦悶青年獨特的發洩，藉美國文化澆自我塊壘、藉頹廢墮落逃避威權監控的文化刻畫。

〈蟬〉從「明星」拉開序幕，接著轉到新公園，再轉到圓山育樂中心，從溜冰場到保齡球館，場景再轉，轉到了「野人」那個「充溢著人聲、汗味、菸臭」的黑暗地下室，從「野人」出來是西門町的街道，上部就終結在陶之青和莊世桓先後聽見了鬧區深夜的蟬聲。

下部的故事帶我們到了溪頭，然後從溪頭去日月潭，然後又回到台北……這些地方，全都具備特殊的象徵意義。

林懷民敏銳地鋪排出了既不在國民黨反共革命史、也不在台灣經濟奇蹟發展史、更不在本土政治抗爭史中的一張地下地圖，更在這樣一張地圖上擺滿了那個時代的青年輕易便能辨認、感應的路標，聲與影、物質與品牌的路標。

這些路標包括了梵谷、電影《向日葵》、Lux 香皂、牛油 cheese、咖啡、king size 的 Pall Mall、福特跑車 Mustang、Vitalis 髮油、藍天、Rose Grill、諾曼底、牛尾湯、Bob Dylan、marijuana、Joan Baez、Beatles、Revolution No.1、越戰……

林懷民小說中這些滿盈的六〇年代符號，從一個角度看，多麼像後來在台灣大流行的村上春樹。林懷民跟村上春樹一樣，擅於利用這些高度象徵感染性的符號，讓閱讀者快速跌入那個特殊的氣氛裡。原本就在裡面的人從林懷民小說讀到了自己、讀到了自己混亂生活所無能整理的準確記錄，目瞪口呆地發現自己最是繁麗炫熱的一部分，因為被寫進林懷民小說裡，得到了永不褪色、永不隨記憶而消散的生命。至於那些原本只能在外圍，以或好奇或羨慕或鄙夷態度看待這些文化異質的人，則藉林懷民的筆，得到深探入「異人」靈魂的一條捷徑，如同步行一條神祕通道，通道出口是難以想像、不曾想像過的複雜人性掙扎。

換句話說，閱讀林懷民後來的這幾篇小說，讀者可以有雙重的認同可能。他可以認同「小黑」的直率執著、浪蕩冒險；他也可以認同「我」的驚異與欣羨。他可以認同陶之青、小范在「野人」裡自在揮灑的台北式嬉皮情調；他也可以認同莊世桓若即若離的淺嘗即止。

雙重認同不見得是二選一的。有時雙重認同還可以形成互相循環加強的效果。這裡藏著林懷民的體貼，也藏著林懷民小說之所以迷人、之所以影響廣泛、之所以令人難忘的祕訣。他讓不同價值、不同經驗的人，都能在他的小說裡找到安穩、親密的認同安慰。

講給圍牆裡外的人都能聽懂的故事

〈蟬〉的上部中，莊世桓和陶之青、小范等人去了「野人」，陶之青戴隱形眼鏡（又一個當年台北的流行、嬉皮象徵！）戴得不舒服，要老楊把桌上的燈弄熄了，沒一會兒侍者來干預說：「拜託拜託，弄亮吧。……不然，等等警察來了，看到了，又要說話。」老楊只好又把燈插上，等侍者走了再拔掉插頭。不料侍者回頭又發現了，「眼睛瞪得像雷公」。

就在為了亮燈還是熄燈的對峙衝突中，「莊世桓左掏右掏，掏出一條皺巴巴的手巾，罩在燈上。」好了，燈還亮著，卻又不會照痛陶之青的眼睛。

這是莊世桓的體貼，事實上，這也正是典型林懷民的體貼。林懷民和他的敘事者一樣，站在戲劇化事件的近旁，承受著事件的衝擊，然而卻能平心靜氣地把事件轉譯成與事件無干的人的語言，源源傳遞出來。林懷民總是能找到方式，把看上去無法協調的對立，加以中和柔化。

林懷民年輕時寫的小說，和他後來開創「中國人的現代舞」時所編所跳的舞蹈，到底有著怎樣的關係？我不知道有沒有人好好問過，研究過這個問題。我自己初步的一點想法是：從「小說家林懷民」到「舞者林懷民」，保留著沒有改變的，應該就是那份體貼、那份中和柔化、那份講給圍牆裡外的人都能聽懂的敘事吧。

林懷民去了美國，在愛荷華寫完他前期最後一篇小說作品〈辭鄉〉之後，也就一併告別了一直陪他到二十三歲的心靈故鄉——小說，把全副精力轉向現代舞蹈去了。林懷民雖然在紐約師承瑪莎・葛蘭姆，不過他自己創作的舞蹈，用著現代主義的舞蹈語彙，卻訴說了一個個故事，沒有緊隨現代主義標榜的高度抽象美學。

林懷民最早的成名作，是改編自介之推故事的《寒食》，是具備了「有頭有尾有中腰」戲劇結構的《白蛇傳》。林懷民稍後震驚台灣文化界、進而感動世界的作品，是史詩般壯闊、以卷軸結構展開的《薪傳》，以及充滿喜鬧活力的傳奇舞劇《廖添丁》。再後來引起許多反響的還有《我的鄉愁，我的歌》、《家族合唱》、《流浪者之歌》……這些作品，哪一件沒有一個隱隱然呼之欲出的敘事者，熱切地想要告訴我們：介之推的苦痛、白蛇的兩難抉擇、先民渡海的壯烈與希望……

轉成舞者之後的林懷民，始終沒有忘掉莊世桓那塊皺巴巴的手帕。他不堅持一定熄燈，他也不堅持一定要開燈，他的創意最了不起地發揮在找到解決問題的折衷路線上。

只是沒看見那隱者

林懷民從美國回到台灣，成了一個舞者，他最早創作的舞碼，是《寒食》。《寒食》用的是介之推的故事，介之推原來隨著晉國公子重耳出亡，是重耳身邊重要的策士，他還曾不惜割下自己的肉來救治重耳。但等到重耳回到晉國，即位成了國君，也就是「春秋五霸」之一的晉文公，介之推卻選擇遠走，避居山林。晉文公為了將介之推找回來，聽從建議，放火把介之推所在的山燒了。介之推卻寧可被燒死，也不願從山中出來。如此害死了介之推，晉文公大為惱悔，為了不忘此事，後來到介之推死的那天，就徹底禁火，那一天連廚房也不煮熱食，於是有了「寒食節」。

林懷民創作的《寒食》中，由他自己跳，頭上紮著國劇的頭套，身上則披了有五、六公尺長的素淨白練，在舞台上，藉由身體的動作連帶白布的波形起伏，製造出奇特的美感，以及一種直覺的壓抑與悲劇性。

《寒食》的音樂，是今天的另一位「大老」許博允寫的。還有，舞作中有聲音背景，聲音朗讀的，是商禽的詩作。

林懷民的動作，配合著這樣的詩句意象與韻律：

……

鳥驚呼

花驚呼

獸狂奔

葉狂奔

只是沒看見那隱者

一隻遲飛的燕子

自濃煙中射出

突又跌入茵茵的草叢

炙傷的翅翼鼓動著
亦如胼脅的晉王揮舞著
兩隻下臂
呢喃早已化為哀鳴
介推　出來吧
逃亡中我曾吃過你股上的肉
你無言的血仍在我脈管中流動
……

〈寒食〉不是商禽最好的詩作，《寒食》也不是林懷民最傑出的舞作，然而這部作品卻最鮮明地凸顯了那個時代的氣氛。詩與音樂與舞蹈，年輕人強烈的創造創新動力，還有，轉手經過西方的藝術表達形式，回頭追索、改造中國傳統元素。

同等重要、可能更加重要的，是那個時候台灣社會絕大多數的人，看到聽到《寒食》這樣的作品的反應，大概都和劉渝苓一樣吧：「神經病啊！」

我為什麼一再地提到「大老」身分？因為「大老」身分，這種身分帶來的主流聯想，很容易讓大家忘掉了：這些人他們曾經是如此離經叛道的小眾創作者，他們的現代作品在台灣根本沒有接受的基礎，遑論給他們掌聲或支持。弔詭地，正因為當年他們如此大膽、瘋狂地離經叛道，做著張繼高形容的「在水泥地上播種」的工作，才會在今天取得了「大老」的地位。

回到那個時代，他們最重要的精神、最重要的力量，正就來自不在乎別人把他們當作瘋子，深深相信自己所創造、所追求的，是有意義的。還不只如此，他們同時有著另一種瘋狂的堅持，堅持要讓別人看到這些追求、這些作品的價值，要爭取說服別人接受。

儘管向前跑，他們會追得上你

所謂大眾化云云只是一個膚淺的方程式，詩人在此一問題上納悶是多餘的。不必對讀者存太多的顧慮，你儘管向前跑，他們會追得上你，今天追不上，明天會追得上。

保守派的先生們每每過低的估計讀者，他們不了解讀者的閱讀興味就在於「追」的這一點上。

我們不能想像一個落在讀者後面的作家！

這段話出自瘂弦的〈詩人手札〉，作為附錄放在詩集《深淵》最後面。〈詩人手札〉的內容不只是表現了那個時候瘂弦的創作觀，在相當程度上，也反映了那個時代台灣現代詩人的共同態度、共同信念。也就是我們今天回頭閱讀這些詩作時，應該放在心上作為理解背景的根本觀念。

那個時代、和我們這個時代最大的差距，或許就在瘂弦文中所表現的那份自信吧！他們不只相信：詩人、創作者是應該讓讀者在後面「追」的；他們還相信：讀者樂於去「追」，而且讀者終究會「追」得上。

〈詩人手札〉的另外一段：

一首不可解的詩並不一定是首壞詩，除非它是不可感的。

新舊之爭恆由於「解」與「感」這兩個字觀念上的差異。

他們看不懂那首詩的原因是他們永遠固執著去「解」它，而不知去「感」它。向康定斯基（Kandinsky）的絕對繪畫索取形象，那將是一種愚笨的徒勞。

一般說來，科學（包括一切自然科學和社會科學）是智性的，藝術是感性的，科學需要理解，藝術訴諸感覺。以純理性的思維作用去「解」詩，正如以感性能力去研求科學，同樣緣木求魚，抓不住問題的核心。

十九世紀中葉迄今的科學觀念使人益發理性化。他們無法排除層層的「過度知性」的鎖鏈，因之更增加現代詩人與讀者合作建立欣賞上之「共同自我」的困難。

現代詩的另一困難（並非它本身的困難），是它所展示的常不是大家共有的或舊有的情感經驗，或大家早已具有而不自覺的情感經驗。

1971 晨鐘

活躍於二十世紀前期的康定斯基，最大的成就在於以作品和理論雙管齊下，建立了「抽象畫」的基礎。康定斯基反對以繪畫來描摹、模仿既有的物體、景象，主張「純粹繪畫」，繪畫擺脫了現實的限制，還原為純粹色彩、線條的組構。

瘂弦的這幾段話，清楚表白了那個時代詩人的用意與追求——他們寫的詩，本來就沒有要讓人「看得懂」。他們的基本態度是，請你們不要來問：「為什麼這些詩那麼難懂？為什麼這些詩讓我看不懂？」「看得懂」的詩，意味著讀者是用理性的方式在「解」詩，也就不可能擺脫理性去「感」詩。然而詩、好的詩，能夠創造出來的獨特價值，是去探測、開發、解放人的感性，而不是加強在現代環境中，人已經過度發達的智性。「看不懂」的經驗，也就是智性被阻擋了；擋住了智性，感性才能冒發出來。

用智性去理解，和用感性去感受，我們能夠區別這兩種不同的經驗？不妨就從背誦瘂弦的〈如歌的行板〉開始，不是逐字逐句地「讀」這首詩，而是先下定決心將每一個字每一行原原本本地背下來，於是這首詩就不再是透過眼睛穿越大腦和你發生關係，而是更多元更全面地和你的身體、你的感官接觸。

背誦〈如歌的行板〉，必然立即感受到詩題的來源與指涉——一個表達音樂性指示的音樂術語。

溫柔之必要
肯定之必要
一點點酒和木樨花之必要

正正經經看一名女子走過之必要
君非海明威此一起碼認識之必要
……

以感受而不是以理解對待這首詩，我們很容易就察覺——詩的首要效果，不是視覺的，而是聽覺的。這不是一首讓你「看」的詩，而是一定要讓你「唸」的詩。而且奇特地，你用眼睛盯著一個字一個字唸，和你將詩背下來，讓眼睛移開、休息，唸出來的感受又大大不同。

可以先不管文字的意義，單純地感受、享受純粹聲音產生的效果。不斷重複出現的「之必要」，無可避免地立即吸引了我們聽

覺上的注意。「之必要」低調卻堅持地帶領著我們的節奏感。瘂弦在此創造出了一種現代中文的——不是古典詩詞中的——節奏感與聲音的秩序。

呼應音樂的「如歌的行板」

詩題「如歌的行板」是音樂術語 Andante Cantabile 的中譯。那個年代，貧窮、匱乏的年代，人們能夠擁有、能夠展現的最強烈的虛榮心，不可能針對任何物質財富，只能是針對知識，對別人、甚至對自己炫耀知識，難得的知識，西方的文化、歷史、藝術、哲學知識。

他們讀詩、聽音樂、看畫、看舞蹈……在那樣貧窮、匱乏的年代，他們對西方文化藝術的涉獵，必然是淺層的、皮毛的，但他們如此認真地將這些皮毛知識視為自己身上最重要、最寶貴的資產，也是自己僅有拿得出來的驕傲榮光。

「行板」，Andante 這個字在義大利文中意義簡單、清楚，就是「走路的」，因而借用為音樂上速度與感受標記時，指涉的也就是音樂要用近似自然走路步伐來進行，給人一種散步般的輕鬆、自然感受。

音樂上的速度標記，其實都同時標示了音樂的性格，譯成中文的過程中，經常就遺漏了。例如說「緩板」和「慢板」在中文裡都是慢的，頂多解釋為「緩板」要比「慢板」更慢。但在原文中，Adagio、Lento、Grave 有不一樣的慢法，不一樣的性質。Adagio 是放鬆、解除目的性的慢，Lento 是莊嚴或準備面對莊嚴儀式的慢，Grave 則是沉重、不可承受之重的慢。

「行板」就是走路，走路的速度產生走路散步的心情。「如歌的」加在前面，就更進一步表示：音樂的重點不在速度、不在節奏，我們不會聽到明顯、清楚的拍點，而是以這種速度進行的音樂中，會有、要有漂亮的、可吟唱、可留下深刻印象的旋律。

瘂弦認真地看待自己取的詩題，細心製造了呼應音樂的「如歌的行板」的語言聲響效果，因而讀這首詩時，我們也該相應付出對於音樂節奏的關注、體會與欣賞。

開頭兩行：

溫柔之必要
肯定之必要

每一行都是短短的五個字，兩行一樣長，而且兩行的後三個字，是反覆的「之必要」，給了我們規律的節奏，而且指引我們如何辨識節奏。接著：

一點點酒和木樨花之必要
正正經經看一名女子走過之必要
君非海明威此一起碼認識之必要

句子拉長了，第三句增長至十一個字，第四、第五句再加到十四個字，但每句句尾維持著那固定的「之必要」。再仔細唸一次，我們還會察覺變化不只在句子長度上，更在源自句法而來的句內結構。「溫柔－之必要」「肯定－之必要」，都是「2－3」的組構，到第三行變成「一點點酒－和－木樨花－之必要」，是「4－1－3－3」。然後，第四行、第五行表面上看來句子一般長，但兩句的內在韻律卻天差地別：「正正經經－看－一名－女子－走過－之必要」（4－1－2－2－2－3），「君－非－海明威－此一－起碼－認識－之必要」（1－

1—3—2—2—2—3），而且第五行開頭特別用了「君非海明威」這樣不是很中文的聲音效果，另外還在第四行和第五行之間，含藏了「一名」和「此一」的呼應關係。

多麼豐富的聲音變化啊！

關鍵在如何斷句

接著，句子變得更長了：

歐戰，雨，加農砲，天氣與紅十字會之必要

或者該說，表面上變長了，但內在呢？出現了前面沒有的明確「休止符」——逗點——要我們將這幾個並列的名詞斷得更清楚，而且這些名詞又是2、1、3、2、4排下來，每一個的聲音元素都不一樣多，然後「天氣」和「紅十字會」間用「與」連接起來。同樣都是and

的連接作用，但第三句用的是「一點點酒『和』木樨花」，這裡則改用「與」，故意選了和「雨」同聲的字，兩個ㄩ在同一個句子裡，又逼著我們不得不將前面的「雨」唸得重些、清楚些，後面的「與」輕點、含糊點，兩個同音字才不會混淆。

第一大段結束在這句上，整段的聲音規則很明顯，一句比一句長的句子，都以「之必要」結尾，然而除了前面開場的兩句外，每個句子的內在節奏卻又都不一樣！

進入到第二段，重現了第一段開頭的句型：

散步之必要
溜狗之必要

按照第一段留給我們的明確方向感，我們預期五個字、五個字的兩句後面，句子應該會拉長，果然，這後面是：

薄荷茶之必要

長了，可是只長了一點點，加了一個字，而且不像第一句的「一點點酒和木樨花之必要」，「薄荷茶之必要」並沒有改變句型，只是在原來兩個字的名詞位置上，放了三個字的名詞。我們稍稍納悶著，突然，下一個句子戲劇性地出現了：

每晚七點鐘自證券交易所彼端

草一般飄起來的謠言之必要。……

出現了整首詩中最長的句子，長到你絕對無法一氣呵成唸完，必定要在中間換氣停頓，於是詩人用誇張的手法，教你怎麼唸、如何換氣，你要在「彼端」之後，「草一般」之前，長吐後深吸換氣，那是中間空行的作用，一個長休止符。

長休止符一方面來自長句的聲響需要，另一方面也就產生了懸疑，「每晚七點鐘自證券交易所彼端」……句子顯然沒完，自彼端的什麼呢？懸疑、吸氣，於是休止符之後的這後半句，還有十一個字的後半句，在停頓、懸疑製造的期待中，必然會傾瀉而下，一口氣唸出來。

這裡的空行，其意義非但不是隔開「每晚」和「草一般」這兩行，反而是以意外的中斷、沉默，將這兩行接連得更緊密，形成了比表面的二十四個字加起來，還要更長的長句，這個句子的整體是由前面十三個字加一段懸疑沉默，再加後面十一個字構成的。那沉默、空白不是隔離，而是橋梁。

就像蕭邦的《幻想波蘭舞曲》，經常被視為蕭邦作品中最難演奏的一首，甚至可能是所有鋼琴音樂中最難掌握的。關鍵不在手指技巧，而在如何斷句，如何決定前一句在哪裡結束、後一句在哪裡開始，前面一句和後面一句的關係是什麼？也在如何看待、如何處理每一個長音、每一個休止符，它們究竟是這個句子的結尾，下個句子的開頭，還是根本是一個大長句中的連接處？

這個句子如此之長，就像一列火車一樣，長到不會說停就停，那動能延續、延長，所以我們又看到了前面不曾出現的安排，「謠言之必要」後面是個句點，但這行詩沒有完，句點後面又接了半句話：

每晚七點鐘自證券交易所彼端

草一般飄起來的謠言之必要。旋轉玻璃門

之必要。盤尼西林之必要。暗殺之必要。晚報之必要

穿法蘭絨長褲之必要。馬票之必要

……

排山倒海而來的大長句打破了前面每個句子都結束在「之必要」的慣例，這裡瘂弦就進一步逗引我們好奇，接著的句子要回到原來的模式上嗎？如果接著又是和前面一樣一句一句「之必要」排比下來，那麼一來太規律、規律得笨了，二來會讓中間唯一的例外大長句顯得那麼突兀。

瘂弦沒那麼笨，他寫的詩、他的音樂性沒那麼笨。他利用破例的大長句帶出後面如同變奏般的新型態，「旋轉玻璃門之必要」依循大長句，斷成「旋轉玻璃門／之必要」，而且在「旋轉玻璃門」之前出現了這首詩中的第一個句點。第一段是規律的一行一句，第二段前面

三行還是一行一句，第四行（「每晚七點鐘自證券交易所彼端」）變成了一行半句，第五行（「草一般飄起來的謠言之必要。旋轉玻璃門」）再變為一行中包括一個後半句，加上一個前半句，都是不完整的句子。

那再來呢？又一變變成了在一行中，擠進了三句半，中間用句點隔開。如此明確產生加快節奏的效果。「旋轉玻璃門」和「之必要」間還悠閒地小休一下，然後就長驅直下，「盤尼西林之必要。暗殺之必要。晚報之必要」七個字縮短為五個字、五個字，換行，放一點油門，變成九個字的「穿法蘭絨長褲之必要」，但不能停，立刻又加速為「馬票之必要」。

加速段到此為止，從形式上我們就可以看出，再來，詩又回到了一行一句的規律：

……

穿法蘭絨長褲之必要。馬票之必要

姑母遺產繼承之必要

陽台、海、微笑之必要

「姑母遺產繼承之必要」又和「穿法蘭絨長褲之必要」同為九個字，並列排得整整齊齊的，而且也和前面第一段「正正經經看一名女子走過之必要／君非海明威此一起碼認識之必要」的排列一樣，一樣長的句子，但有不同的句內節奏：「穿法蘭絨長褲之必要」是1－3－2－3，「姑母遺產繼承之必要」則是2－2－2－3，而且這兩句中間還插進了一句「馬票之必要」。用這種方式，瘂弦逐步將第二段的變奏，或「發展」，朝第一段的模式收束回來。

下一句「陽台、海、微笑之必要」，明顯呼應第一段的最後一句——「歐戰，雨，加農砲，天氣與紅十字會之必要」，都是用接連短詞構成的，但類似中卻又一定有差別，第一段最後一句列了五個短詞，這一句只列了三個；還有，那一句用逗點分隔短詞，這句用的則是頓號。

依照形式對比，第二段似乎應該結束在「陽台、海、微笑之必要」，但沒有，後面還有多出來的一句「懶洋洋之必要」，於是我們就自然地感覺到這多出來的一句，多拖了的一個尾巴如此「懶洋洋」了。

我們預期這段要結束了，在預期該結束之處稍稍吐了一口氣，放掉了三分之二的正常力氣，然後才放慢速度也降低音量唸出「懶洋洋之必要」，雖然詩中沒有寫，但我們唸的時候自然會在語氣中替這一句、這一段加上一個延長的刪節號，想像成「懶洋洋之必要……」

觀音在遠遠的山上

第三段，也是最後一段，音樂上的 Coda 尾奏部分：

而既被目為一條河總得繼續流下去的
世界老這樣總這樣：──
觀音在遠遠的山上
罌粟在罌粟的田裡

「之必要」消失了。我們不可能不察覺到，我們也就不可能不立即對於這段產生特殊之感。規律被打破了，不在規律中的，by definition，就是例外，就是特別的。

前面的節奏被打破了，不過這四行依然有清楚、明確的節奏，不同的節奏。換了一種方式。什麼樣的方式？背過這首詩的人，會知道最難背、最常背錯的是哪一句。幾乎所有同輩背過這首詩的人，隨口背來，都會將最後兩句背成：「觀音在觀音的山上／罌粟在罌粟的田裡」。

這樣的錯誤，有其內在的原因。從文義上看，「觀音在遠遠的山上」，對台灣、尤其是居住在台北的讀者來說，很自然會聯想到觀音山；然而更重要的，是聲音上的原因，前一句是「世界老這樣總這樣」，有兩個反覆的「這樣」；後一句是「罌粟在罌粟的田裡」，有兩個反覆的「罌粟」。於是夾在中間的這句，我們很容易就類推認為應該有兩個反覆的「觀音」。

這四行另有精彩的節奏安排，瘂弦首先給了我們一個強迫的長句，一個在文義上沒辦法斷句，只能一口氣唸完的句子，而且還故意在前面加「而」，在後面加「的」，拉長句子，延宕韻律，然後三個句子卻轉而都由短音節構成，又有重複的詞讓拍點更清楚，如此收尾。最後三行，每一行都是八個字，但倒數第三行句型稍有不同，而且後面接了兩個有方向性的標點符號。倒數第二行和最後一行字數一樣、句型也一樣，於是瘂弦就刻意寫成「觀音在遠遠的山上」，而不是「觀音在觀音的山上」，讓兩句仍然同中有異。

多麼細膩、精巧的設計啊！

微笑之必要

背這首詩，必然能感受其中強烈的音樂性，從身體中產生韻律的共鳴。背這首詩，是一項愉快的經驗，大部分的人都會帶著微笑來背誦。

那微笑就不只源自聲音與節奏了。

溫柔之必要
肯定之必要
一點點酒和木樨花之必要

這幾句詩立即給我們一種生活中的美好期待，是的，我們期待溫柔、期待肯定，也能夠想像生活細節中，有一點點酒，有一點點花（就算我們不熟悉木樨花到底是什麼花，或者該倒過來說，正因為我們不熟悉木樨花，因而木樨花能帶來的期待，會比茉莉花或夜來香更高）多好，然而帶著這種期待心情再讀下去，我們不能不牽動嘴角，莞爾笑了：

正正經經看一名女子走過之必要
君非海明威此一起碼認識之必要

這絕對不是我們預期的「必要」。會說「正正經經看一名女子走過之必要」，反諷地，就顯示了詩人所說的「之必要」，不是「正正經經的」，裡面帶著玩笑成分。可是很怪，被詩人用這種「之必要」的句法，將一件沒有必要性的生活瑣事挑選、彰顯出來，我們無可避免重新察覺，是啊，「正正經經看一名女子走過」似乎真有其內在的一種奇特價值，至少是奇特享受。

2013 麥田

一種平常被我們忽略的樂趣。不輕佻、不帶情色欲望、更不帶侵犯惡意，「正正經經」地，純粹欣賞、純粹體驗地看一個女孩走過去，那樣的「正正經經」會傳來一份美感，一份自我愉悅。

再下來，「君非海明威此一起碼認識之必要」，一個曾經有過創作欲望的文青，一個知道海明威是個什麼樣的作家的人，讀到這句，都能體會到其中的幽默，甚至智慧。

我在解讀海明威的書《對決人生》中，如此說明：

> 海明威……總是讓讀他小說的人，生出想要自己來寫小說的衝動。「啊，小說原來這麼簡單，那我也可以寫啊！」我們一般的習慣認為文學家一定要認得很多字，用上別人不會用的字，才寫得出配稱為文學作品的東西。……抱持這樣的概念，讀海明威會很驚訝：「用這麼少的字也可以寫小說！也可以當文學家！」這些字你都認識，平常你也都用，覺得自己會用，海明威只用跟你一樣多，甚至更少的字，寫出這麼吸引人、這麼好

看的書，很自然地，你心中油然生出兩千多年前劉邦看到秦始皇車隊從眼前堂皇駛過時的感嘆：「大丈夫亦若是！」你覺得你也要寫這樣的小說，覺得自己也應該有條件可以寫出這樣的小說。

……海明威創造了數不清的模仿者。模仿海明威看起來太簡單，太有道理了。不過，要模仿海明威模仿到真的像海明威，比絕大多數海明威模仿者想的都要困難。……

海明威表面上看來好模仿，但有一項藏在他簡單文字後面的特性，卻是幾乎完全模仿不來的。那就是他的基本生命態度。……他好鬥，永遠在和假想的勁敵對壘對抗的這種生命態度。這種人不可能隨手寫出簡單的文字，就拿來當他的作品……海明威筆下簡單的文字，都是他花了很大力氣去修出來的。

瘂弦這行詩，選擇「海明威」是有道理的。那個年代，就連在台灣，都有多少人以為自己寫得出海明威式的小說，他們不知道要成為海明威其實多難，他們不知道自己不是海明威。瘂弦用「此一起碼認識」，尤其是「起碼」二字小小、溫厚地諷刺了他們，這句子必然能讓當時讀過、認識過許多「贗品海明威」的讀者，發出會心、認同一笑。

來自里爾克的刺激

瘂弦曾經寫過一首極其簡單的小詩，標題是〈歌〉：

誰在遠方哭泣呀
為什麼那麼傷心呀
騎上金馬看看去
那是昔日

誰在遠方哭泣呀
為什麼那麼傷心呀
騎上灰馬看看去

那是明日

誰在遠方哭泣呀
為什麼那麼傷心呀
騎上白馬看看去
那是戀

誰在遠方哭泣呀
為什麼那麼傷心呀
騎上黑馬看看去
那是死

《瘂弦詩集》中（舊版詩集《深淵》中沒有），瘂弦在這首詩後面附加了一句簡單的解說，表示是讀了里爾克的詩，受到刺激、感動而有此作。在〈詩人手札〉中他也提到了里爾克

（「在里爾克那裡你會找出羅丹的斧痕」，顯然他了解里爾克曾經擔任羅丹的祕書，他的詩與詩觀因而受到了雕刻藝術的強烈影響），他讀過里爾克，他很可能讀過里爾克的《給青年詩人的信》。今天我們在台灣流傳的《給青年詩人的信》的譯本，都還是馮至翻譯的，而瘂弦也研究過馮至，寫過馮至作品的分析。

《給青年詩人的信》中，里爾克的第一封回信，對這位「青年詩人」說：收到了你寄給我的詩稿，來詢問我對這些詩的意見，我相信你不會只問我意見，你會將詩稿拿給一些人看，問他們的看法，但容我誠實地建議你，停止這樣的做法。不要問別人，你應該問自己的感覺，應該挖掘自我內在來得到關於詩作的意見。

1981 洪範

往內挖掘，掘出一個清楚的標準，里爾克說，那就是「我必須」，我非得如此不可。你知道你非得寫詩不可，你才能寫詩，或者更謙虛地說，你才有機會開始去探討、去了解，詩究竟是怎麼一回事。

不要到處問人家：詩該怎麼寫？怎樣的詩才是好詩？我寫的詩好嗎？如何把我的詩改得更好？……先回來問自己：我非寫詩不可嗎？要能說服自己，找到內在「我非寫詩不可」的確切情感與理由，那你才能沿著這非寫不可的情感與理由，找到把詩寫好的方法。

瘂弦一定知道這個說法，年輕時的詩人瘂弦，以及他周遭寫詩的朋友們，也一定都相信這個說法。一直到我高中時，讀他們的作品、讀他們的評論，都還給我們深刻的影響，在校刊社熬夜完稿，一邊打因為沒錢下賭而極度無聊的梭哈，一邊聊出了對寫作最絕對的態度——用閩南語說的，直接、決絕「不寫我會死」，只有「不寫我會死」的人，才是作家、才有可能成為詩人。

把里爾克的「我必須」放進來，前面我們單純拿來當作音樂節奏作用的「之必要」三個字，突然呈現了另外的性格。

為什麼要用「之必要」串起整首詩，在詩中反覆出現了十九個「之必要」？

2004 聯經

里爾克告訴青年詩人，去整理你的人生，整理你的情感與態度，看看詩是不是「必要」的。由此自然地衍生：要做一個人，甚至只是要認認真真好好做一個人，最該做的，就是誠實檢視你的生活，離開別人給你的所有現成安排、現成答案，找出到底什麼是「必須」的。作為一個人，「我必須」，你活下去不可或缺的，是什麼？

周夢蝶、商禽、洛夫、瘂弦、鄭愁予……乃至林懷民，他們都深受這種西方現代藝術觀念的刺激與引導。波特萊爾、里爾克……還有出現在伍迪・艾倫電影《午夜巴黎》裡的那些角色：海明威、費茲傑羅、史坦、畢卡索、布紐爾、達利……這些人、那些作品構成了排山倒海而來的「現代提問」——你能繼續活在既有的、傳統的答案裡嗎？你能接受本來就存在的這些安排，告訴你什麼是必須的、什麼是可有可無、什麼是不應該、什麼是不可以的嗎？如果你這樣活著，你算是個現代人嗎？更重要的，你算是你自己嗎？

他們察覺到自己活在別人給的眾多「必要」中，並且對如此擁擠的「必要」極度不耐煩。有個工作是「必要」，賺錢能養家活口是「必要」，要小心翼翼躲開觸犯權威是「必要」……這些別人訂好的「必要」，如此強勢且全面籠罩著人的生活，以至於我們往往忘了去問：我有自己的一份關於「必要」的思考、選擇，屬於我自己，不是別人給我的，也沒打算要拿來規範別人的「必要」清單嗎？

對於生命的美好困惑

在我看來，瘂弦的〈如歌的行板〉是呼應里爾克，或說呼應這個「現代提問」而寫的。里爾克告訴青年詩人，一旦你拒絕了關於生命的外在的、現成的答案，你就進入了一種奇特的狀態，產生了對於生命的「美好困惑」。其他人繼續走在明確堅實的道路上，朝著他們預期的方向前進，只有你，不再確定要怎麼走、該怎麼走。困惑，但里爾克提醒，這份困惑是美好的。里爾克提醒，在困惑中，請你不要急著去找答案，去決定答案，請你「珍惜問題」。唯有能夠「珍惜問題」，能夠和這龐大又切身的問題共存，你才有機會成為自己。

帶著幽默感，表面看來很輕鬆，甚至一路開著玩笑，瘂弦給我們一個完全不在我們原有認知中的「必要」清單，以此刺激我們不得不想：這些「之必要」真的「必要」嗎？再進一步，如果我們願意再進一步的話，我們也就不得不想：那究竟什麼才「必要」，判斷「必要」的標準又是什麼呢？

雖然從頭到尾用「之必要」表現正面、肯定的態度，但至少從第三句開始，我們就無法用一種語法上的必然、肯定方式來讀瘂弦給我們的這些內容。

溫柔之必要
肯定之必要

初遭遇這首詩，讀到這兩句，我們可以簡單地接受字面意義，文從字順地讀下來，認為這是某種人生智慧的分享。但接著：

一點點酒和木樨花之必要

就沒有那麼順，沒有那麼必然了。木樨花是什麼，連那是什麼我們都不確定，如何「必要」？詩人為什麼要宣稱其必要性？還有，這裡寫的，不是「酒和木樨花之必要」，而是「『一點點』酒和木樨花之必要」，跟前面兩行的簡單語法不一樣，多了數量的限定，但這樣的數量，卻又是不明確的。強烈的「之必要」和帶著隨機、隨便意味的「一點點」，有了潛在的緊張。

然後第四句：

正正經經看一名女子走過之必要

徹底打破了我們的預期。You can't be serious，瘂弦先生。這怎麼可能「必要」？正正經經看一名女子走過，有何「必要」？我們無法繼續用原先讀字面意思的方法讀下去，因為句子裡傳來的訊息是矛盾的，「正正經經看一名女子走過」和「之必要」，在文字上、在文法上，緊密連接，但在語意上卻偏偏接不起來，這樣一件事，怎麼會是「必要」的呢？

正面的、肯定的句子，我們讀來卻讀出了問號。正正經經看一名女子走過，必要嗎？往後讀，甚至倒回來讀前面兩行，這首詩的每一句，在正面、肯定的句法底層，都藏著問號。

君非海明威此一起碼認識，必要嗎？歐戰，雨，加農砲，天氣與紅十字會，必要嗎？哪一個必要，哪一個不必要？回頭，溫柔必要嗎？肯定必要嗎？甚至：我們在絕對肯定句中讀出連串問題，這種肯定可靠嗎？

語氣上是戲謔的，瘂弦給的卻是曖昧的答案，由那曖昧性中轉生出讓讀者逃躲不掉的一連串問題：散步必要嗎？為什麼暗殺必要？姑母遺產繼承是怎麼回事，如何必要？……一連串問題最終歸結為一個大問題：人活著，什麼是真正必要、真正不可或缺的？

打破文字表面的時間流

讀詩，尤其是讀現代詩，一定要有打破文字表面時間流的心理準備。閱讀是從前面讀到後面，我們會習慣以前面的內容來判斷、來決定後面出現的字句意義，然而詩、現代詩不遵從這套順序習慣，詩人會有意或無意地逆轉這樣的關係，倒過來，用後面的文字意義影響、決定、改變、質疑、推翻前面我們已經讀過了的。

〈如歌的行板〉第四、五、六行：

正正經經看一名女子走過之必要
君非海明威此一起碼認識之必要
歐戰，雨，加農砲，天氣與紅十字會之必要

讀到第四行，我們傾向於認定詩人的態度是開玩笑的，故意把一件瑣碎、不重要的事，抬高成「之必要」；但第五行卻又比前面一行要來得真切一點，雖然用諷刺的語氣說，但這句話可以是、也應該是對於熱中創作的「文青」的真實勸戒，出自於從自大到挫折過程中體會出的智慧。別把自己看得那麼高，也別把海明威看得那麼容易，前者使你失去了自知之明，後者使你與切實的創作艱難脫節了，沒有這樣的「起碼認識」，你不可能成為創作者，甚至你的人生觀都會嚴重扭曲。

如果你以為自己可以和海明威平起平坐，你就不可能了解海明威有多厲害、有多了不起。如果你以為貝多芬跟我們是一樣的、同等級的人，你一輩子無法聽到貝多芬音樂中最美好、最偉大的部分。那美好、偉大，正因為超越一般人、超越我們；或者換個方向說，正因為我們知覺了其間超越自己的力量，我們才感受到美好、偉大，我們才會稱其為美好、偉大。

這還真是「起碼認識」，不是玩笑。再下一行，詩人羅列了這樣幾個名詞——歐戰、雨、加農砲、天氣、紅十字會，接在「海明威」後面，這幾個名詞烙印在心上的印象再明白不過，也再沉重不過。這是海明威參與過的，也是他在國際文壇崛起的背景——一九一四年到一九一八年的「歐戰」，也就是「第一次世界大戰」，海明威小說《戰地春夢》的背景。

從照片和少數的影片中，那壕溝戰的戰場，似乎隨時在下雨，可憐的戰士們沉陷在深可及膝的水中，聽著永遠停不了的砲聲，看著，不，毋寧是想像著雨幕那邊幾百碼外，同樣躲在積水壕溝裡的敵人。砲聲伴隨著一片水霧的景象，是許多歐洲青年，他們這一生最後所聽到、所看到的。下一刻，號角響起，他從壕溝中爬出來，無望且無謂地向前衝，被槍彈或砲彈碎片擊中，變成了紅十字會救護車上載運的傷兵，或屍體。

那是殘酷的，而且對幾百萬在戰爭中死去的人來說，那是宿命、逃躲不掉的。那是另一種「必要」，但不是自我選擇的，而是無從選擇的「必要」，時代、國家、集體動員，使得「歐戰，雨，加農砲，天氣與紅十字會」成為「必要」。

第一次世界大戰帶來了深刻的疑惑：人類到底出了什麼問題，為什麼會用這種方式如此大規模地彼此毀滅，卻找不出方法來阻止？歐洲的文明怎麼了？十九世紀時自詡是人類歷史發展以來最進步、最光輝的歐洲文明，怎麼會把自己弄進如此荒謬的一場戰爭中，兩方在壕溝中長期對峙，沒有任何進展，將幾百萬的青年（理論上是人類歷史上最進化、最傑出的一代）一批又一批送到戰場上去送命？

瘂弦屬於經歷戰爭的一代，寫〈如歌的行板〉時，台灣仍然還在內戰的真實、巨大陰影下，於是，這一句有了很不同的重量，那「之必要」變成了諷刺的反問——為什麼總是有戰爭？為什麼人間無法脫離戰爭？戰爭如此「必要」的理由究竟是什麼？難道那真的是人類命運的一部分？

一句個人層次的，一句時代層次的，這兩句不像玩笑的詩，也就提醒了我們重新檢視在這兩句前面的「正正經經看一名女子走過之必要」，我們的態度不得不改變了，體察到這裡面的某種智慧，關於生活，尤其是都市生活，如何讓自己在繁亂的街道上，找到可以專注、可以發覺片刻美好的建議。

一份隨興的現代生活清單

短短幾行，瘂弦帶領我們遊逛了很不一樣的生命風景，而且用的是一派輕鬆的口吻，沒有擺出嚴肅說教的模樣，沒有擺出哲學或歷史的面孔。

第六句碰觸到了嚴肅的歷史，詩就立即跳開，跳回近似前面開頭的態度：

散步之必要
溜狗之必要
薄荷茶之必要

而且這三個「之必要」，比前面的「溫柔之必要／肯定之必要」更具體，也更瑣碎，都是日常的行為與物件，或者更準確地說，從西方傳來的現代都市日常中的行為與物件。

這三行定調了整個第二段。接著洶湧而來的，每一句都從不同方向探觸到「現代生活」，像是一份隨興的「現代生活清單」，背後未明言的問題是：「什麼是現代生活？」「現代生活中應該具備什麼？」「什麼樣的元素能讓人辨識現代生活？」

五十年後，〈如歌的行板〉裡列出來的這些，依然穿越紙面帶給我們強烈的「現代性」或「西方性」的異質感覺。那是一種不屬於我們，卻對我們產生高度吸引力的生活靈光。

每晚七點鐘自證券交易所彼端
草一般飄起來的謠言之必要。……

放回一九六四年，瘂弦寫這首詩的年代，台灣證券交易所在兩年前才剛開始營業交易，沒幾家上市公司，證券買賣還是件稀罕的事，而且一直到今天，台灣的證券交易所也沒有交易到晚上七點的記錄。很明顯，詩中要傳達的，是異國經驗，是西方最時髦的都市生活切片。而他切得何其準確！竟然能夠清楚點出「謠言」為證券交易活動的核心，而且是無量數的謠言，從證券交易所中滿出來，「草一般飄起來」，並且選擇了綿衍長句來從形式上呼應那眾多、阻擋不住的謠言。

……旋轉玻璃門
之必要。盤尼西林之必要。暗殺之必要。晚報之必要
穿法蘭絨長褲之必要。馬票之必要
姑母遺產繼承之必要

這一連串事物，同樣都是西方時髦都市生活的代表，也都和當時台灣的現實生活有著一定的距離。「暗殺之必要」列在其中，明顯是受了前一年全球最震撼新聞的影響——一九六三年十一月，美國總統甘迺迪在眾目睽睽之下，坐在敞篷車上遭到遠方飛來的來福槍子彈命中頭部，被暗殺身亡。而且不只甘迺迪總統，那個年代有很多名人，尤其是國家領袖，在緊張且爾虞我詐的冷戰環境中遭遇或成功或失敗的暗殺行動。讀國際新聞，一定會對層出不窮的暗殺事件留下深刻印象。

那「姑母遺產」呢？來自於西方貴族歷史的遺留，閱讀許多藝術家、乃至詩人的傳記資料，常常讀到他們從事創作的條件，來自繼承了近親或遠親的大筆遺產，可以衣食無虞。這對當時台灣的藝術家、詩人，應該是最值得羨慕的天方夜譚吧！

從詩的第一段，我們已經知道「之必要」不是表面的那樣肯定，而是潛藏著問號的表示。讀第二段，我們也就會將這「問號意識」帶過來，讀出了另一番不同的問題。散步、溜狗、薄荷茶、股市的謠言、玻璃旋轉門……這種西方都會生活，生活中的享受與刺激（晚報、暗殺、馬票）是你要的嗎？是你嚮往的嗎？對你有特殊的誘惑嗎？

嚮往有散步有溜狗有薄荷茶的生活，會接受「散步之必要／溜狗之必要／薄荷茶之必要」的，是一種特別的人，有一種特別的個性與面貌。認定生活中可以有、該有那些圍繞著投機賺錢謠言，從中間感到高度興奮的，又是另一種特別的人，有一種特別的個性與面貌。還有，一讀就對「姑母遺產繼承之必要」心動有感應的，又是另一種特別的人，有一種特別的個性與面貌。

這些，都不是現實，不在瘂弦及其讀者的生活現實中。於是這段就等於是在問：如果可以離開現實，選擇現實以外的生活，你會如何選？你會認為什麼是必要的？你的夢想是什麼？

而你如何作夢選擇想像生活中的「之必要」，也就決定了你是一個什麼樣的人。

準確的想像力

瘂弦有一份神奇的能力——準確的想像力。詩集中列在「斷柱集」裡有十三首詩，除了第一首是〈在中國街上〉，後面十二首標題分別是：〈巴比倫〉、〈阿拉伯〉、〈耶路撒冷〉、〈希臘〉、〈羅馬〉、〈巴黎〉、〈倫敦〉、〈芝加哥〉、〈那不勒斯〉、〈佛羅稜斯〉、〈西班牙〉和〈印度〉。看起來，像是一個環遊世界的旅人遊記。然而，奇特的是，在那個時候，除了從中國大陸流亡到台灣來之外，瘂弦根本哪裡都沒去，哪裡都沒去過。

他寫從來沒有去過的〈芝加哥〉：

在芝加哥我們將用按鈕戀愛，乘機器鳥踏青

自廣告牌上採雛菊，在鐵路橋下

鋪設淒涼的文化
從七號街往南
我知道有一則方程式藏在你髮間
出租汽車捕獲上帝的星光
張開雙臂呼吸數學的芬芳
……

開頭幾行，就形象地呈現了芝加哥的特性——大火之後，依照最新科技以鋼鐵重建的一個最理性、最科學、也最冰冷的城市。

我們真的不知道瘂弦從哪裡得來這些認知與意象，只能佩服他能在那樣貧乏、封閉的時代，不靠經驗而靠閱讀及想像，塑造出幾十年後仍能打動我們的詩的呈現，例如以「每晚七點鐘自證券交易所彼端／／草一般飄起來的謠言」來代表西方資本主義，那種熱鬧、緊張、盲信、荒謬、冒險，都在這一句話裡了。

股票市場裡有最多謠言，因為牽涉到漲跌利益，什麼樣的風聲都有，而且什麼樣的消息都有人流傳、有人相信。股票投資的利益，實質上是由這無窮多的謠言所左右的，夠多人流傳、夠多人接受的謠言，就成了真實抬高或壓低股價的力量。這是股市最荒唐卻也最具體、最真實的一面，也是資本主義表面理性算計背後矛盾的非理性個性。但，瘂弦怎麼會知道？又怎麼找到如此精巧精確的詩句來描述？

前有由謠言主控的證券市場，後有賭博的馬票和天上掉下來的姑母遺產，這都是現代的夢幻，原來的傳統社會沒有的傳奇，因而格外誘人。如果以這種方式獲得了一筆財富，你的生活會變成怎樣？於是：

陽台、海、微笑之必要
懶洋洋之必要

詩將我們帶入這個現代夢境中，一種現代的，電影情節式的舒服包圍著我們，真的感覺到那份「懶洋洋」，那份得以逃離現實進入幻境的輕鬆，不用為生活而打拚努力，也不用伺候這個伺候那個了。

這世界沒有那麼多偶然

詩的第一段和第二段，使用的是同樣的模式，每一句都以「之必要」結尾，但這兩段的意象與意念，卻形成了微妙的對比。第一段最後一行的沉重，很快地被第二段開頭幾行給打破了。第二段第六行「草一般飄起來的謠言之必要」後，節奏變快了，那是在都會街道上，而非鄉間小路行走的速度，配合接連的都會意象，一直走到最後，輕輕鬆鬆慢下來，幻想著自己成了現代灰姑娘，交了好運得了財富，可以好好地坐在向海的陽台上，吹著輕柔的海風，微笑著享受懶洋洋的舒服。

第二段傳達的，是「如果我可以選擇，我要什麼樣的生活？什麼樣的事物是想像生活中『必要』的？」帶著這個問題，我們依循詩人鋪設的軌跡，走過了西方現代都會，一步步遠離現實，一層層深入夢想幻境。然而，「懶洋洋」之後稍稍停頓，第三段的第一行，現實回來了，立即打破、否定了幻夢：

而既被目為一條河總得繼續流下去的
世界老這樣總這樣：——

簡單地說：「莫肖想了！」這世界沒有那麼多偶然，人沒有那麼大的選擇空間，你是誰就是誰，就得照著你的身分活著。詩裡說的，不是「一條河總得繼續流下去」，而是「既被目為一條河……」強調的，不是自然律——河水總是依照物理原則往低處流，而是更殘酷的社會規則——別人怎麼看你，怎麼定義你，那就是你，無可逃躲的身分逼著你只能照著這身分的要求活著。

第二段用了大量現代、都會的意象，只有到倒數第二行，順著繼承姑母遺產的幻想，而出現了「海」，但那從陽台上看出去的海，仍然帶著都會生活延續而來的度假景觀的意味。從法蘭絨長褲到馬票到姑母遺產，那是紈袴生活的意象累積，再到「陽台、海、微笑」，感覺是一路順著過來，因而我們就沒有察覺這微妙的變化——整首詩中不曾出現的自然景象，在這裡悄悄地出現了。

這是巧妙的伏筆。第三段一開頭，就堂皇明確地來了一條河，河水湯湯，沒得商量、沒得改變地一直流一直流，流到地老天荒。「河」所代表的，是那不能改變的、無從改變的宿命。取消了前面第二段的選擇幻夢。別傻了，人生不是這樣的，人生沒得選的，「世界老這樣總這樣」。

世界不會今天苦哈哈的人，明天就可以懶洋洋地在面海陽台上享受投機或運氣帶來的財富。「世界老這樣總這樣」是個鐵律，鐵到什麼程度呢？這裡，詩人故意連用兩個其實是重複的標點「：——」，讓指涉方向更加清楚，和河水一樣沒得商量、沒得懷疑：

觀音在遠遠的山上
罌粟在罌粟的田裡

詩人所在的台北，最大最有名的河流，是淡水河。從淡水河一抬頭，就看到觀音山。觀音山永遠在那裡，你不可能把觀音山移到別的地方去；就像罌粟永遠只能長在罌粟田裡一樣，

「世界老這樣總這樣」。還不只如此，瘂弦刻意將「觀音」和「罌粟」並列在一起，在我們的固定印象中，一個是好的、慈悲的；另一個是壞的、邪惡的。但兩個，「觀音」和「罌粟」，卻都有強烈的視覺形象，一個是純潔的白，一個是豔麗的紅。一個是「聖」的代表，一個是「魔」的代表。然而，無論是「聖」或是「魔」，都在「世界老這樣總這樣」的宿命約束之中，改變不了。

It's fate. 選擇是假象，比「聖」與「魔」都更強大的力量，會不斷把我們拉回來，第三段的意念，逆轉了第二段的夢幻。

聲音與意義的差距

〈如歌的行板〉這首詩充滿了多重轉折。在聲音上，是愉悅的「行板」，但最後一段，用愉悅「行板」顯現的，卻好像是個沉重的結論。好像命運的無可違逆推翻了前面的意思。想了那麼多「之必要」，找了那麼多現實以外生活的可能性，然後呢？別傻了，連「聖」與「魔」

都抗拒不了的命運不給你什麼其他可能性，這一切的想像，在命運之前，畢竟只能是徒勞。

但詩中傳來的訊息，又好像不全然如此。因為那聲音，優雅、佻達、幽默又帶點無賴的「如歌的行板」，和這樣沉重的結論，有著明顯格格不入之處。

將最後一段完整地再唸一次：

而既被目為一條河總得繼續流下去的
世界老這樣總這樣：──
觀音在遠遠的山上
罌粟在罌粟的田裡

這聲音，沒有命運的重量。這聲音不是拘執、囚禁的，而是自由、有趣的。這聲音，和第二段的節奏韻律之間，沒有斷裂，沒有戲劇性的翻轉，而是一路相續而來的。走路的人繼續在走路，並沒有突然掉進一個深井裡。

從少年時期，這個問題就纏繞著我：為什麼聲音和意義有那麼大的差距？如何處理、如何理解這差距？單純將之視為詩人的失手？他太喜愛這節奏韻律，以至於沒有去找到更相襯的聲音來搭配最後一段要呈現的命運壓力？

要再過幾年，等我讀了里爾克，讀到了里爾克對命運的描述，才找到可以說服自己的答案。里爾克說的命運，有一層和我們理解的一樣，指的是：人無論如何努力都改變不了的，超越人類主觀意志控制之外的。不過那不是全部，那甚至不是最重要的。

命運是：為什麼全世界那麼多人，其中絕大部分的人都不覺得生活中需要詩，但你卻遇到了詩，抓住了詩，讓詩成為你生命中的有機一部分？里爾克認為我們應該向內在挖掘，找出自己生命中所有「不得不然」，也就是所有「必要」，這些「必要」的總和，就是命運。

命運是，里爾克主張，「應然」的生命。不是現實的「實然」，而是你經過了探索才找到的，作為一個人，作為你自己，應該要有的面貌、個性與生活。那樣的命運中，沒有一個因素是偶然的，生命中的每一件事、每一秒鐘都是「應該的」，都是有道理的。盡可能排除了所有偶然，只留下道理上的「必然」，那才是你之所以為你的命運內容。如此，我們就成為了另外一種人。

借用里爾克的命運概念，我重新理解了〈如歌的行板〉最後四行詩。這最後一段要表達的，不是那麼直接、悲觀哀嘆命運主宰了一切，而是反過來探問：你有沒有能力、有沒有意志，可以將自己選擇的生活活成命運？你可以不接受自然生命、現實生命給予的「必要」，重新思量尋找你的「必要」，但列出「必要清單」不會讓「必要」就成為事實，你得有更強烈、近乎絕對的決定——你究竟是觀音，還是罌粟？你要走上「聖」或「魔」的道路？

如果你將自己活成一棵罌粟，讓罌粟成為你的命運，你就一定會有你的罌粟田；同樣的，如果你將自己活成一個觀音，讓觀音成為你的命運，你也就一定會有你的觀音山。「世界老這樣總這樣」，這是世界的規律。

確知自己存在的重要性

瘂弦的〈詩人手札〉中有這麼一段：

一個沒有妻子的詩人會在詩中寫出一位新娘來。詩，有時比生活美好，有時則比生活更為不幸，在我，大半的情況屬於後者。而詩人的全部工作似乎就在於「搜集不幸」的努力上。

當自己真實地感覺自己的不幸，緊緊的握住自己的不幸，於是便得到了存在。存在，竟也成為一種喜悅。

新興藝術只會使人更加發狂。它發掘人類心中的魔鬼，或製造更多的魔鬼。這些話是存在主義作家們常常說的：「人不過孤獨地『生存』，在一個上帝已死的世界裡，沒有絲毫價值。人愈知自己就變得愈壞。他們所能做的就是活下去，接受最壞的生活。」

是以我喜歡諦聽那一切的崩潰之聲，那連同我自己也在內的崩潰之聲。

這中間不可能沒有一個年輕詩人的誇大與造作，但有一種情感絕對是真實的，那就是：確知自己存在如此重要，為了確知自己存在，我願意付出代價。如果只有藉由「搜集不幸」，體會自己和別人的不幸；如果只有在「那一切的崩潰之聲」中，才能確認存在的話，我衷心願意付出那樣的代價，非但不會逃躲，還會積極地迎上去。

我當然願意活在幸福就感受到存在的情況裡，然而若幸福與存在不可兼得時，為了存在的真實，我願意、也只能放棄幸福。或者換一個方向看：感受不到存在時，幸福必定只能是表象，只能是虛空、虛幻、不真實的。

希望你們不了解、不需要了解這是一種什麼樣的選擇——被迫在幸福與結結實實的存在感中做選擇，當然不會是愉快的情境。但我們誰也不知道、誰都沒有把握，不管你幾歲，什麼時候這樣的情境會降臨在你身上。你最好還是有所準備。透過詩，透過瘂弦詩中表現的那份怪異的勇氣，勇氣帶來的怪異的喜悅，「存在，竟也成為一種喜悅」，我們會比較能處理突襲而來的「流離的徬徨」。

巨大的問題梗在心底——我究竟是誰？我憑什麼活在這個世界上？有什麼理由可以讓我說服別人，更重要的，說服自己，我可以、我應該活在這個世界上？為了確認自己活著的合理性與合法性，我願意付出一切的代價。

付出代價的過程中，相對地，藝術的追求，或者經由藝術的追求而接近了有過這種徬徨苦惱的靈魂，是最容易、最便宜的。那些靈魂和他們的經驗進入你的生命，包圍著你，武裝著你，有一天任何事件、任何因素使你不幸地質疑起自己活著的合理性合法性時，你不會如此手

足無措。

像里爾克、像瘂弦，像這些詩人般懂得了如何「珍惜問題」，如何不急著找到答案，尤其是不急著接受任何正面或負面的現成答案，你會有最好的機會從排山倒海而來的生活災難中活過來。

舉重若重的〈深淵〉

畢竟，瘂弦從一個大時代的災難中活了過來，那是一個吞噬所有個人，讓每個個人都感到如此渺小無奈的災難，而且是連綿持續的災難。當整個世界都捲入戰爭中，當整個國家幾乎都被占領了，當戰爭像一場醒不過來的噩夢硬是從對外轉成了對內……一個在這種時代出生、成長的人，能怎麼樣？對周遭環境、對自己的生活，他能怎樣？甚至他能有多少選擇？

存在中的一切，都是不確定的，永遠流盪流離的，飄忽而不固定，固定不下來的。神奇地，瘂弦竟然能在〈如歌的行板〉中以這種輕巧、帶幽默感的方式，將災難帶來的無奈，轉化為藝術。不過，瘂弦的詩當然不會總是如此輕巧，他也有「舉重若重」的大型作品，最有名、最重要的，是〈深淵〉。

〈深淵〉最具體顯現了瘂弦如何「搜集不幸」為了得到「存在」，或者在「搜集不幸」之後，得到了什麼樣的「存在」。〈詩人手札〉中有一段是特別談〈深淵〉的：

> 對於僅僅一首詩，我常常作著它本身無法承載的容量；要說出生存期間的一切，世界終極學，愛與死，追求與幻滅，生命的全部悸動、焦慮、空洞和悲哀！總之，要鯨吞一切感覺的錯綜性和複雜性。如此貪多，如此無法集中一個焦點。
>
> 這企圖便成為「深淵」。

〈深淵〉詩前，引用了沙特的話：「我要生存，除此無他；同時我發現了他的不快。」活著或許是件容易的事，但自覺地「存在」，卻不是。要能自覺「存在」，掌握「存在」，是需要付出代價的，最普遍、最無法逃避的代價，就是認知「存在」中的「不快」，構成「存在」的那些黑暗、邪惡、不幸、痛苦的元素。

〈深淵〉陰鬱的開頭：

孩子們常在你髮茨間迷失
春天最初的激流，藏在你荒蕪的瞳孔背後
一部分歲月呼喊著。肉體展開黑夜的節慶
在有毒的月光中，在血的三角洲，
所有的靈魂蛇立起來，撲向一個垂在十字架上的
憔悴的額頭。

然而和這樣的陰鬱形成強烈對比的，是在全詩中出現四次的「副歌」，顯現了奇特的輕快與反諷的愉悅，第一次是：

去看，去假裝發愁，去聞時間的腐味
我們再也懶於知道，我們是誰。

工作，散步，向壞人致敬，微笑和不朽
他們是握緊格言的人！

第二次：

哈里路亞！我們活著。走路、咳嗽、辯論
厚著臉皮占地球的一部分。
沒有什麼現在正在死去
今天的雲抄襲昨天的雲。

第三次：

哈里路亞！我仍活著。雙肩抬著頭，
抬著存在與不存在

抬著一副穿褲子的臉。

詩的結尾處出現了第四次：

哈里路亞！我仍活著。
工作，散步，向壞人致敬，微笑和不朽。
為生存而生存，為看雲而看雲，
厚著臉皮占地球的一部分……

「副歌」部分，是日常生活的簡寫，呈現了我們一般「為生存而生存」的樣態，在重複、麻木、自欺的無意識中，就這樣活著。相對照的，則是如果不要那麼「厚著臉皮」，稍稍張開眼睛，我們會看到的存在的本性——黑暗、蒼白、腐爛、墮落，喪失了所有救贖希望，充滿了死亡威脅。

接吻掛在嘴上，宗教印在臉上，
我們背負著各人的棺蓋閒蕩！
而你是風、是鳥、是天色、是沒有出口的河。
是站起來的屍灰，是未埋葬的死。

在寫詩的概念與手法上，瘂弦和商禽很接近。瘂弦同樣習於將許多異質的意象，脫離日常邏輯地擺放在一起，創造出一種如夢般的脫序迷離，也就是一種「超現實」的效果。

超現實主義者

瘂弦另一首重要的詩，是〈給超現實主義者——紀念與商禽在一起的日子〉，詩一開頭：

你的昨日與明日結婚
你有一個名字不叫今天的孩子

你的歌衫披在狗子們的身上
魚飛翔，在天空
鳥戲泳，在水中
你的膝蓋不認識自己的
自己的腳趾

你是去年冬天
最後的異端
又是最初的異端
在今年春天

商禽是個異端，是個永遠的異端，瘂弦要告訴我們。而他成為一個異端的方式，就是在他的世界，詩的世界，不遵從現實的道理。時間不是現實的時間，物體不是現實的物體，自己，也不是現實的自己。幾行字，瘂弦精確地標舉了那個時代「超現實主義者」的觀點，還帶出了商禽慣用的「超現實」手法。

商禽有一首詩，標題是〈背著時間等時間〉，詩曰：

蹲伏在陽台上
靜靜守候時間的貓
根本不知道時間就藏在自己身體裡面
……
牠還以為剛才從這邊陽台看到那邊陽台的
鴿子便是時間，以為時間是灰色的翺翔

商禽有一首詩，標題是〈用腳思想〉，詩曰：

找不到腳　　在地上
在天上　　找不到頭

我們用頭行走　我們用腳思想

還有一首〈手腳茫茫〉，詩曰：

我們的右腳
找不到
我們的左腳

我們的左手
找不到
我們的右手

右腳出發
去尋找

找不到右腳的左腳

左手出發
去尋找
找不到左手的右手

左腳　右腳
右手　左手
在茫茫的空中茫然的探索

這就是商禽的風格，這就是商禽慣常運用的主題。瘂弦是個早慧而自覺的詩人，對於詩的理解、分析能力，遠勝於同輩創作者，所以他能游刃有餘地以詩論詩，標點出「超現實主義者」的特殊意義：

你渴望能在另一個世界裡聞到蕎麥香
把一切搗碎
又把一切拼湊
……
你是一個有著可怖的哭聲的孩子
把愛情放在額上也不知道的
獨眼的孩子

是的，他們那一代的詩人，都是「有著可怖的哭聲的孩子」，缺乏愛情、渴望愛情，因而總是不自覺地將自己的欠缺與熱望貼在額上，他們在現實中找不到熟悉的、可以帶來安全感的「蕎麥香」，才會一直焦慮地「把一切搗碎／又把一切拼湊」。

讀瘂弦寫給商禽的詩，大有助於我們了解商禽，找出靠近商禽的詩的路徑。

在詩句背後，期待被理解的意義

瘂弦也不斷在詩中「把一切搗碎／又把一切拼湊」，但他選來「拼湊」的東西，和商禽很不一樣。

最能顯示瘂弦手法的，是戲劇性驚人的〈鹽〉。

二嬤嬤壓根兒也沒見過退斯妥也夫斯基。……

這首詩以這樣一句話開頭。那句子（「壓根兒」）分明是中國鄉野式的，那主詞稱號也是（「二嬤嬤」），然而接著卻塞進了最異國最遙遠的俄羅斯小說家「退斯妥也夫斯基」。一個中國鄉野的老太太，從來沒有見過舊俄小說家，這是事實，是個任何人不必想都知道、都能推斷的事實。那為什麼要說？豈不是句廢話嗎？

整首詩描述的，是鄉野裡的老太太，生活中貧困到連鹽都沒有。因而：

……春天她只叫著一句話：鹽呀，鹽呀，給我一把鹽呀！

然而瘂弦卻用了再異質不過的意象包圍中國鄉野的貧困：

二嬤嬤壓根兒也沒見過退斯妥也夫斯基。春天她只叫著一句話：鹽呀！鹽呀！給我一把鹽呀！天使們就在榆樹上歌唱。那年豌豆差不多完全沒有開花。

二嬤嬤的生活中不會有、不應該有退斯妥也夫斯基和天使。詩中天使出現兩次，第一次，「天使們就在榆樹上歌唱」；第二次，「天使們嬉笑著把雪搖給她」。天使的作用，是殘酷的對照，對照出二嬤嬤苦難的徹底無望與終極無奈。她那麼苦，呼喊著要一點鹽，沒有人幫她，連天使都不幫，連天使都幫不上，而且天使還歡樂地旁觀，甚至作弄她。

那退斯妥也夫斯基呢？退斯妥也夫斯基在詩中也出現兩次，開頭第一句：「二嬤嬤壓根兒也沒見過退斯妥也夫斯基。」全詩結尾的最後一句：「退斯妥也夫斯基壓根兒也沒見過二嬤嬤。」形式上主受詞對調的反覆句，說的是同一句廢話——二嬤嬤和退斯妥也夫斯基沒有關係，不會有任何關係。

那為什麼要將退斯妥也夫斯基放進來？用這種方式，詩人逼我們思考，逼我們去摸索退斯妥也夫斯基是個什麼樣的人，作為一個人，作為一個小說家，他具備什麼樣的特性，代表了什麼樣的意義？

表面上看來是廢話的短短兩句，如果你真要理解，瘂弦在詩的背後冷冷地期待著：你至少要讀讀《卡拉馬助夫兄弟們》，至少要讀讀《罪與罰》。讀過了，退斯妥也夫斯基就不會再只是一個名字，一個遙遠的舊俄小說家的名字，這個名字清楚地代表了某種看待人類命運的角度，極度悲觀卻又極度強悍。退斯妥也夫斯基是另外一種天使，比一般的天使形象複雜千百倍，但和天使一樣，代表了人類救贖的追求。退斯妥也夫斯基的救贖不像天使那麼簡單、那麼幼稚，他的救贖包含了和上帝及所有一切超越力量的搏鬥，和自我人性黑暗底層的掙扎，不管有沒有希望，都奮力要找出一條路的衝動。

二嬤嬤也和這樣的救贖徹底無緣，當然。二嬤嬤的苦難，不只是沒有鹽活不下去，她的苦難沒有意義，沒有救贖。天使不救她，退斯妥也夫斯基救不了她，革命也救不了她（「一九一一年黨人們到了武昌。而二嬤嬤卻從吊在榆樹上的裹腳帶上，走進了野狗的呼吸中，禿鷲的翅膀裡；……」），徹底的無望與無奈。

洞察「現代」

前面提過，瘂弦的詩集裡，有一批都是以外國城市命名的詩。很多人寫羅馬、寫巴黎、寫倫敦、寫芝加哥、寫佛羅倫斯，但沒有人像瘂弦這樣寫。別人都是去到羅馬，受到經驗的刺激與感動，因而寫下以羅馬為題的詩。以詩誌遊，詩中必然有著遊記的成分。瘂弦不是，他沒去過這些地方，而他大剌剌、理所當然地在沒去過這些地方時，就寫下這批不可能是遊記的詩。

他為什麼要寫？他憑什麼覺得自己可以寫？他又寫出了什麼？

那是帶有炫耀性質的遊戲嗎？在那個貧窮且封閉的年代，一般人哪裡都去不了的時代，瘂弦用他的詩來向少數能出國的人炫耀：我不用去到那些地方，就能寫出更好的遊記詩？

回答這些問題的一個線索在於：瘂弦給了這批作品一個總稱，叫作「斷柱集」。翻查一下，「斷柱」兩字顯然來自集中的〈羅馬〉的開頭：

今年春天是多麼寂寞呀
斷柱上多了一些青苔
這是現代

他在意的，他要寫的，是「現代」。過去安穩的、固定的傳統，變成了一根根長出青苔來的「斷柱」，不再能支撐宮殿廣廈，不再能給我們遮風避雨。詩人環顧世界，洞察「現代」這件陽光底下的新鮮事，到處改變了景觀、改變了生活，似乎也改變了人之所以為人。整輯「斷柱集」羅列不同的城市，顯示「現代」無所不在的普遍威力，以及「現代」同時又彷彿可以無盡變形的弔詭事實。

誠實、真切地面對自己的生存

在流離中成長的瘂弦，從承認流離出發，以詩來探索、捏塑「存在的把手」，讓自己和讀者，可以藉此握住「存在」。為此，他願意承擔任何風險——最大的風險，當然就是〈深淵〉詩前所引用的沙特的話，「因而發現了生活之不快」。

快樂不重要，活得快樂沒那麼重要。因為有許多比快樂更重要的，包括誠實，誠實、真切地面對自己的生存，就比快樂重要。

今天我們往往活得太快樂，以至於看不見快樂如何欺瞞了我們，快樂又如何侵蝕了我們和生命之間的真實連結。詩人，像瘂弦這樣的詩人，提醒我們：能不能不要再活得那麼快樂，那麼容易被表面的、虛假的快樂迷住呢？

有一天、有一刻，你體會了這句話：「能不能不要再活得那麼快樂」，知道這句話是有意義、有分量的，你會從原本既有的現實跨入另一個領域，更廣大的領域，在那裡，你必然將和詩、現代詩、台灣現代詩、台灣現代詩的「黃金十年」中出現的作品、那些我所鍾愛的作品，有了直接、密切、豐富的關係。

瘂弦　事記

1932　本名王慶麟，九月生於河南南陽縣楊莊營東莊。

1949　從軍，之後隨軍隊至廣州黃埔碼頭乘惠民輪來台。

1953　考入政工幹部學校（今國防大學政治作戰學院）業科班戲劇組第二期。參加中華文藝函授學校，師從詩人覃子豪。

1954　開始以「瘂弦」為筆名，發表詩作〈我是一勺靜美的小花朵〉於《現代詩》第五期，結識詩人紀弦。自政工幹校畢業，以少尉銜分發至海軍陸戰隊，先後擔任政治部主任辦公室幹事、海軍左營軍中廣播電台編輯兼外勤記者。
結識張默、洛夫，加入創世紀詩社，為創始人之一。

1957　詩作〈印度〉獲中國文藝協會頒贈詩人節優秀詩人獎。

1958　榮獲藍星詩獎。

1959　第一本詩集《苦苓林的一夜》由香港國際圖書公司出版。

1965　獲中國青年反共救國團第一屆「青年文藝獎金」詩歌獎。

與張橋橋女士結婚。於話劇《國父傳》中飾演孫中山先生，巡迴演出七十餘場；隔年獲頒第二屆教育部「話劇金鼎獎」最佳男演員獎。榮獲第三屆「十大傑出青年」。

1966　開闢「中國新詩史料掇拾」專欄於《創世紀》第二十三期，每期介紹一九三〇、四〇年代大陸詩人作品。九月，應美國國務院之邀，赴愛荷華大學「國際寫作計畫」研習，至一九六八年六月結束。

1968　詩集Salt由美國愛荷華大學出版社Windhover Press出版。詩集《深淵》由台北眾人出版社出版。

1970　詩集《深淵》增訂本由台北晨鐘出版社出版。

1971　十一月，以少校銜退伍。兼任教職於政治作戰學校（原政工幹校）影劇系。

1972　《創世紀》雜誌復刊，擔任社長。

1975　幼獅文化公司成立期刊部，升任總編輯，統籌《幼獅文藝》、《幼獅月刊》、《幼獅學誌》、《幼獅少年》四份刊物。

1976　與楊牧、葉步榮、沈燕士創辦洪範書店。九月，赴美就讀威斯康辛大學東亞研究所；隔年七月獲得文學碩士學位。與梅新合編半年刊《詩學》。

1977　十月，應聯合報社之聘，返台擔任《聯合報》副刊主編。

1980　擔任《聯合報》副總編輯，兼副刊組主任。主編《當代中國新文學大系》詩卷。

1981　《中國新詩研究》由台北洪範書店出版。《瘂弦詩集》由台北洪範書店出版。

1982　多位台灣文學史研究者、青年作家通力完成《聯副三十年文學大系》共二十八冊，由台北聯經出版公司出版；此套書同年獲得金鼎獎。當選由《陽光小集》主辦票選的「青年詩人心目中的當代十大詩人」。

1984　《聯合文學》創刊，任社長兼總編輯。

1991　獲台灣省作家協會頒贈第十四屆「中興文藝獎章」副刊主編獎。

1996　獲《1996台灣文學年鑑》選為該年度十大文學人。

1997　獲行政院新聞局第二十一屆金鼎獎「新聞類副刊編輯獎」；隔年再度獲獎。

1998　獲頒文訊雜誌社主辦之第一屆五四獎「文學編輯獎」。八月，自聯合報主編職務退休，同時獲頒「華夏一等獎章」。擔任成功大學首位駐校作家。十二月，赴加拿大溫哥華定居。

1999　詩集《深淵》獲選為行政院文建會委託《聯合報》副刊評選的三十部「台灣文學經典」之一。當選中華民國筆會第三屆理事。

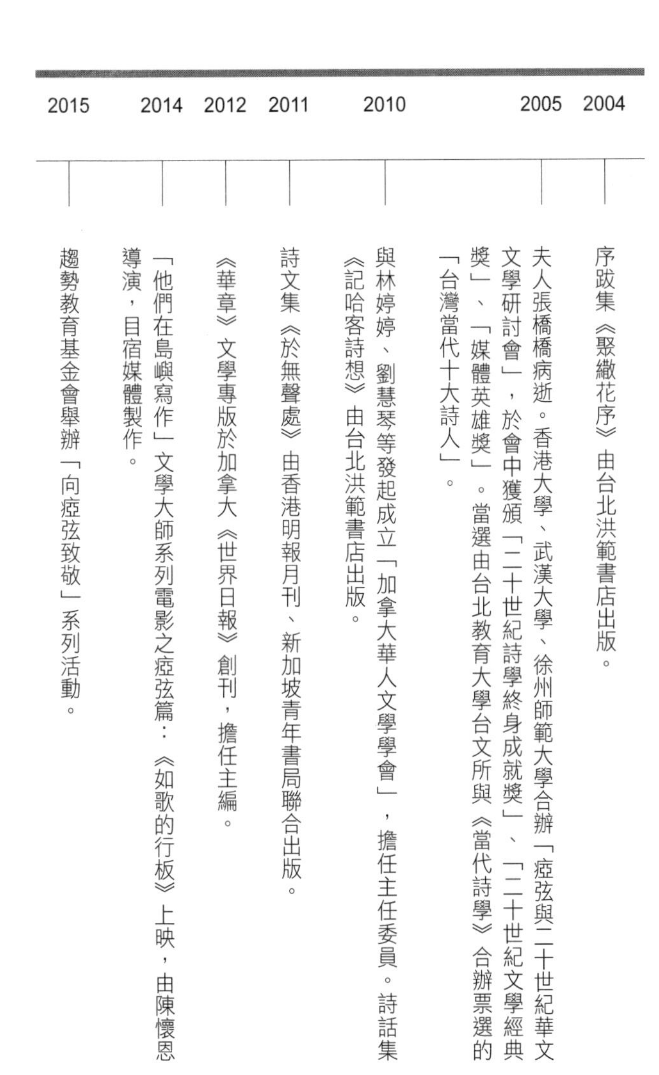

2004 序跋集《聚繖花序》由台北洪範書店出版。

2005 夫人張橋橋病逝。香港大學、武漢大學、徐州師範大學合辦「瘂弦與二十世紀華文文學研討會」，於會中獲頒「二十世紀詩學終身成就獎」、「二十世紀文學經典獎」、「媒體英雄獎」。當選由台北教育大學台文所與《當代詩學》合辦票選的「台灣當代十大詩人」。

2010 與林婷婷、劉慧琴等發起成立「加拿大華人文學學會」，擔任主任委員。詩話集《記哈客詩想》由台北洪範書店出版。

2011 詩文集《於無聲處》由香港明報月刊、新加坡青年書局聯合出版。

2012 《華章》文學專版於加拿大《世界日報》創刊，擔任主編。

2014 「他們在島嶼寫作」文學大師系列電影之瘂弦篇：《如歌的行板》上映，由陳懷恩導演，目宿媒體製作。

2015 趨勢教育基金會舉辦「向瘂弦致敬」系列活動。

一個抒情傳統的誕生

——楊牧

現代詩的抒情傳統

將近二十年前，我曾經在政大中文系客座開設過一門課程，叫作「台灣現代詩的抒情傳統」。會開那門課，取那樣的課程名稱，當然是受到楊牧的影響。

再往回溯，三十多年前，我進台大念書的第一年，當時居住在美國西雅圖，任教於華盛頓大學的楊牧，藉年假回到台灣，在台大外文系客座教書。他開的課，其中有一門就是「英詩的抒情傳統」。那門我上過、感動過的課，後來留下了一個傳奇。對台灣現代詩有興趣、有所涉獵的人，應該都知道、也都應該知道這個傳奇。

楊牧為詩集《有人》，寫了一篇後記，開篇說：「兩年前一個冬天的早晨，我在雨聲中醒來，屋子裡寒冷刺骨，到處泛著嚴重的潮氣。我坐在冰冷的書桌前喝茶翻書，聽見窗外車馬喧譁夾雨聲以俱來，有時更超越了雨聲，振動我脆弱的想像神經。那是基隆路南來北往的交通流程。我聚精會神思索了自己的精神去向，很快就將那噪音置之度外，援筆寫了一個冗長的句子：『有人問我公理和正義的問題』。」

然後：「我記得那整個上午都在寫〈有人問我公理和正義的問題〉，雨水時大時小，但曾幾何時室內的陰冷已不再困擾我，而室外車馬的喧譁更早已失去平時撼人的聲勢。我寫了三分之二，午後帶到台大，正好那天下午我的『英詩』班上期末考。我把卷子發給學生，就坐在講台桌前振筆疾書。偶爾文思凝滯，抬頭看教室裡一張張認真的臉，不免豁然開朗，悲戚和快樂交織昇華。下課鐘響的時候，學生們交卷，我一首詩的初稿也完成了。」

那不只是一首詩，那是一首經過時間淘洗後，證明其為經典的長詩。就寫成於「英詩的抒情傳統」的期末考監考過程中。在詩中，詩人艱難地與一位困惑於「公理和正義的問題」的年輕人對話；在現實中，詩人處於一個曖昧的情境中，被眾多年輕人包圍著，理論上在學校工作，實質上除了靜坐台前的象徵性意義（監考）外，別無他事。如此情境中，寫下如此迂迴、辯證的長詩，詩的完成，本身就具備了一種「抒情性」，一種楊牧課堂上試圖藉由英詩來呈現、傳遞給學生的「抒情性」。

1986・洪範

雖然詩本身，看起來不那麼「抒情」，使用了乍看極為直白的表達方式：

有人問我公理和正義的問題
寫在一封縝密工整的信上，從
外縣市一小鎮寄出，署了
真實姓名和身分證號碼
年齡（窗外在下雨，點滴芭蕉葉
和圍牆上的碎玻璃），籍貫，職業
（院子裡堆積許多枯樹枝
一隻黑鳥在撲翅）……

如此不起眼的開頭，經歷了近百行的推移、遲疑、自我辯難，詩的最後，湧發出我們不曾預期的力量：

有人問我公理和正義的問題
寫在一封不容增刪的信裡
我看到淚水的印子擴大如乾涸的湖泊
濡沫死去的魚族在暗晦的角落
留下些許枯骨和白刺，我彷彿也
看到血在他成長的知識判斷裡
濺開，像砲火中從困頓的孤堡
放出的軍鴿，繫著疲乏頑抗者
最渺茫的希望，……
……
讓我們從容遺忘。我體會
他沙啞的聲調，他曾經
嚎啕入荒原
狂呼暴風雨

計算著自己的步伐，不是先知
他不是先知，是失去嚮導的使徒——
他單薄的胸膛鼓脹如風爐
一顆心在高溫裡熔化
透明，流動，虛無

正義與公理

我沒有在那間楊牧完成這首詩的教室裡。因為我念的是台大歷史系，不是外文系。我得應付我自己歷史系的考試。大一上學期，有兩門考試，留下了讓我終身難忘的記憶。一門是「考古人類學導論」，我考得一塌糊塗，最後得了幾乎是全班最低的六十二分，卻也因此刺激了我在寒假中認真閱讀了文化人類學的著作，從而開啟了知識上的一扇大窗。另外一門，唉，是「大一英文」。

「大一英文」我考得並不差。尤其是放在全班哀鴻遍野的成績中，至少我得的是及格的分數。班上有一半的同學都被當掉了。這樣的考試成績不算意外，經歷過的學長姊早就警告過我們了。然而，有所預期是一回事，能夠心服口服接受是另一回事。成績公布，引爆了班上同學對於英文老師的累積不滿。

我們正處於我們自己對於「公理和正義」的情緒風暴中。關於老師、關於考試，在老師獨斷的威權之外，有「公理和正義」嗎？這是我們一群歷史系大一學生心中真切、無可逃避的問題。

在那時候，我就深深相信、不讓步地堅持：有。老師不是永遠都對，在老師，在一切威權之上，必然有、必然要有公理，必然有、必然要有正義。

和公理與正義有關的，那就不是成績，不是一半同學被當掉的慘狀。讓我及其他同學更在意的，是另一件慘狀——一個學期下來，在這位老師教的英文和英聽課堂上，全班一半以上的同學都被罵哭過。好啦，我們是歷史系，班上女生居大多數，女生，尤其那個時代的女生，比較脆弱，比較愛哭吧！但不對，因為哭了的女生中，包括了我們班當時的康樂股長，一個從台南來的女生，剛開學班上所有人就認定她最適合當康樂股長，因為她永遠那麼歡樂、那麼有活力，甚至能夠將她的歡樂與活力感染給歷史系上總是陰鬱、沉默、古怪的男生們。

開學之後，有一陣子這位台南女生跟我們幾個愛打籃球的男生很接近、很要好，會跟我們一起牽著腳踏車走到台大餃子館裡狂嗑餃子並喝啤酒。所以我知道，她不只歡樂、有活力，她還很勇敢，對於這個世界充滿了好奇，對於讓世界更好，有著比我們更樂觀的決心，和本能的行動力。我真的無法想像這樣一個南部孩子，幾乎比全文學院的男生都更帶英氣的女生，會落淚，會在全班同學面前落淚。

但事實就是如此。她撐了很多堂課，終於哭了。因為她說話帶著濃厚的南部腔，台灣國語，她說英語時，當然也就帶著濃厚的南部腔。每次上課，她成了老師的眼中釘，她會哭，因為老師不只是指責她的發音，而且用的，都是雖不帶髒字，卻比髒話更刺人的侮辱性話語。

她們會哭，因為受辱。上英文、英聽課時，我總是手中緊握著拳頭，拚命壓抑著內心的義憤。像是一個旁觀屠殺的人。我一再發誓，如果老師用同樣方式對待我，我一定會爆發頂回去，也做好了被死當、被記過的準備。真正煎熬是，偏偏老師從來沒有這樣對待我。老師上課時，幾乎當男生不存在，從來不點男生。我們無法不留下這樣一個強烈印象——這位英文老師似乎從將女生罵哭、殘酷折磨女生當中，得到極大的樂趣。

才一個學期，有一半同學被罵哭，真的很誇張，因為還得多加一項條件——四個學分的課，按理一週有四小時，但平均老師每三週會缺席兩次，真正上課的時數遠少於表訂的。

這是另外一件牽涉到公理與正義的事。老師上課要點名，學生不能不來，但是老師自己隨時可能不出現，卻幾乎從來不提前告知！每三週要發生兩次，我們大家在新生大樓四樓的教室等啊等，等不到老師來，也不知道要等到什麼時候老師才來，或就不會來了。遲到、缺席似乎是老師自認理所當然享有的權利。

老師常常遲到、常常不來，進度落後怎麼辦？就叫我們自己聽收音機，她在復興廣播電台有一個節目，節目的內容幾乎就是講解我們「大一英文」課本中的選文。一聽節目，我倒抽一口冷氣，媽啊，這是同一個人嗎？在節目中，她的聲音多溫柔多有耐心，完全不同於對我們上課時的凶惡、侮辱口氣！

過了寒假，下學期開學了。第一件事是註冊和選課。那個年代，大一新生上的，通通是必修課，意思是選課不干我們的事，沒得好選的，就是這些課，每個人都得上，不能少也不能多。然而，好死不死，那一年，台大電腦中心正在測試電腦選課系統，於是我們就意外地在註冊時拿到了一張電腦選課單，就像當年聯考答案卷一樣，要我們練習用2B鉛筆在上面塗畫選課號碼。

那位勇敢的台南女生先發難了。她毅然地將「大一英文」的號碼，填進「退選」的欄目中。有同學提醒她：這樣沒用的，「大一英文」是必修課，不能退，退不掉的。她不管，就算退不掉她還是要在選課單上表達她的態度。我和另外兩位打球的男同學，立即決定跟進支持她，也塗塗畫畫表態「退選」「大一英文」。

一下子，這個做法在班上流傳開來。愈來愈多人決定明知無效，也要「退選」「大一英文」。人數多到一定程度，就形成了壓力，到交選課單時，班上的所有同學幾乎都「退選」了！

原本以為無用的表態，竟然得到了反應。驚動了當時的歷史系系主任王曾才老師，先是派了助教來問，後來又找了幾位同學去了解情況。王老師決定：應該將這件事的來龍去脈讓當時的外文系系主任胡耀恆老師知道。於是，助教傳來訊息：請大一同學擬一份呈給胡主任的陳情書。

我還記得：在活動中心一樓的自助餐廳，班上同學有近半參加，先是七嘴八舌提供意見，接著我拿著一疊十行紙，開始一句一句草擬陳情書內容。書寫時的心情，真的是義憤填膺，從年少時便如此，憤怒中我的腦袋就特別靈光，動得特別快。半小時後，我將寫下來的內容一句一句唸給同學聽，唸完了，大家起鬨叫好，就算無異議通過了由所有同學具名的信，名為「陳情」，實則為「抗議」。

信送進系辦，「大一英文」第一次上課時間到了，我們集體缺席，也就不知道老師是不是出席了。

曾見證過那樣一個時代

那年，我們歷史系一年級班，竟然趕走了英文老師。即使不滿二十歲，讀過許多小說的我，已經不至於天真地以為是我們的「陳情」或「抗議」，使得外文系決定派別的老師來上我們班的「大一英文」。不過，就算這中間牽涉到我們不得而知的外文系教授生態，我依然感動、依然慶幸自己曾經見證過那樣一個時代，公理與正義的考量，還能凌駕老師、系辦的權威，有這樣的大人，擁有權力，卻願意選擇站在學生這一邊。

那個變動的時代，再過一年，吳叡人破天荒地以非國民黨的身分，當選台大代聯會主席，成為第一個「黨外」學生會主席。再過兩年，發生「李文忠事件」，接著台大校園裡的異議反抗團體「自由之愛」正式成立。

即使不滿二十歲，讀過許多哲思文章的我，也已經不至於天真地看不到這整件事的反諷。下學期，換來了 Father Murphy 教我們的「大一英文」，和被換走的英文老師一樣，Father Murphy 也不太搭理男生；但和被換走的英文老師相反，Father Murphy 明顯地疼女生，女同學們也都喜歡他。Father Murphy 很重視英文寫作，經常給寫作作業。偏偏我最討厭寫命題作文，看到老師規定的題目就頭痛，就腦袋充血。

「大一國文」課上，齊益壽老師教完了《莊子‧秋水》選文，要我們寫一篇作文談「莊子的哲學」。我揮筆立就，寫了一個鞋匠的寓言，以莊子式的寓言諷刺——莊子要每個人自適其所適，卻就有人要把莊子所說的話奉為標準答案，教大家都來模仿莊子。研究莊子、模仿莊子，研究得愈深、模仿得愈像，就愈是遠離莊子。

坦白說，寫這樣的作文，是故意要惹惱老師。但多麼令我意外啊！齊老師非但沒有被惹惱，還在下一堂課，向全班朗讀了我的文章，讓我幾乎想從教室後面溜走。

因為 Father Murphy 的神職身分，我就故意愛在作文中談佛教、引用佛教典籍與典故。那時又剛好在苦讀牟宗三先生的《佛性與般若》，就更是順理成章地將許多似懂非懂的佛理放進作文裡。Father Murphy 顯然就被惹惱了，我的每一篇作文，發回來時幾乎都得了全班最糟的成績。

大一下學期，我又從家中搬出，住進了男一宿舍。住家裡，每天還有壓力要出門，要到學校去；住宿舍，反正已經在學校裡了，失去這種壓力，結果蹺課蹺得更凶了。下學期的英文課，我沒去過幾次，幸賴 Father Murphy 的寬大，期末還是得了及格的成績。上下學期相比，我成了班上幾乎是唯一的異數，別人都是下學期成績比上學期好，只有我相反，下學期拿了比上學期差的成績。

對於那個被趕走的英文老師，其實我私心中有一份感謝。因為是她讓我真正體會到英詩應該怎麼唸，怎麼呈現其中的聲音韻律。上學期期末考，我們被要求必須背六首詩，一個個進到老師辦公室，當場抽籤，抽到哪一首，就在老師嚴厲的眼光盯視下，背出全詩來。

這樣的過程，使我得以認真一句一句體會那些詩。其中我最喜歡的一首，是葉慈的〈The Lake Isle of Innisfree〉，我模仿著從復興電台節目中聽到老師朗誦的聲調，一句一句反覆地背，不，一句一句反覆地享受：

I will arise and go now, and go to Innisfree,
And a small cabin build there, of clay and wattles made;
Nine bean-rows will I have there, a hive for the honey-bee,
And live alone in the bee-loud glade...

神奇地，考試時，我有強烈預感，覺得自己一定會抽到這首，抽了，果然是這首，於是心情鎮定，甚至帶點愉悅地，我完成了其他同學視為苦刑煎熬的這一關，走出老師的研究室。

老師被趕走了，之後我也幾乎不曾在校園中再見到過她，遑論跟她有任何互動，然而她教給我的葉慈的聲音，只有用那種聲音才能體會的葉慈之美，卻終身留著，一直都在。

台灣現代詩的核心

我講「台灣現代詩的抒情傳統」，有一個貫串全課程的基本論點。那就是台灣的現代詩中沒有史詩、沒有敘事詩、沒有革命或群眾動員的詩，台灣現代詩的核心主體，是抒情詩。和西方現代詩潮流相比，台灣現代詩的文類是狹窄而集中的，集中在抒情詩上，因而自成一個抒情詩的傳統，並在抒情詩的領域中，有了驚人、傑出的成就。

現代詩有許多不同的淵源、發展，但在台灣的文學史上，抒情詩的傳統，壓過了其他一切，格外突出。當年在政大講的「台灣現代詩的抒情傳統」，內容實質上，就是戰後的台灣現代詩史，然而標題中用了「抒情傳統」，藉此特別強調台灣現代詩的成就重點，同時也藉此點出台灣現代詩發展上的偏倚狀態。

台灣現代詩史上，找不到一首經典的「史詩」。儘管「時報文學獎」曾經多年刻意徵選敘事長詩，然而經過時間淘洗，那些由抒情詩人們勉力轉性寫出的敘事詩，也沒有幾首留得下

來。對照拉丁美洲的傳統，我們顯然也沒有、不會有像聶魯達那樣的群眾詩人、革命詩人，不會有眾口傳誦，煽動集體運動行為的革命詩。對照北美洲的情況，我們顯然也沒有、不會有Bob Dylan或Leonard Cohen，沒有那種介於詩和歌之間，可讀也可吟唱的詩。

講「台灣現代詩的抒情傳統」到今天，將近二十年過去了，這二十年間，我當然多讀了些東西，也多想了些，回頭認真檢討，我必須修改當年的論點。最重要的改變，是我不再主張：台灣的現代詩都是抒情詩。這牽涉到我自己對於什麼是「抒情」，什麼是「抒情詩」的探索與深化理解。

二十年前，我主要將「抒情詩」放在和「史詩」、「敘事詩」、「群眾詩」其他傳統的對照中來看。也就是說，主要是依隨西方文學史上對於詩的慣常分類概念，認為詩的兩大派別，就是epic和lyric。在西方歷史上，史詩和抒情詩有著涇渭分明的差異。

但二十年來，我沒有停止探問：究竟史詩和抒情詩最大的區別、分野在哪裡？也就是說，從作品、文獻、評論、研究上所得到的現成答案，並未能讓我十足安心地接受，視之為堅實的標準。

不見得比原來的標準好，但漸漸地，我形成了自己比較能心安掌握的其他標準。其中一套標準，很有意思地，是在我聆聽音樂、思考音樂的過程中浮現、形成的。現在，對我而言，最重要、最有用的一項標準是：史詩的重點在 discourse，而抒情詩的重點則相對地在 mood。史詩是要說話，有話要說，要把話說出來，讓人家聽到，讓人家理解話裡所敘述或所說明的。抒情詩不是要說話，不是為了描述什麼、說明什麼而寫的，相對地，是為了表達某種主觀的，或主客觀曖昧混淆的情境、情感、氣氛而寫的，抒情的溝通方式，因而不是理解的，而是感染的。

「古典」和「浪漫」的分野

歐洲的音樂，從十八世紀進入十九世紀，經歷了大變化，主流的風格，由「古典主義」轉成了「浪漫主義」。「古典」和「浪漫」怎麼個不一樣法？其中一種區別、分野，就在於「古典主義」的表現手法，是 discursive 的；「浪漫主義」則是 emotional 或 sentimental 的。

從海頓、莫札特到貝多芬、舒伯特，甚至到布拉姆斯，他們基本依循著「古典主義」的規範在寫音樂，他們認真設計一個樂句和下一個樂句、一段音樂和另一段音樂之間的關係，儘管這樣安排出來的音樂，會有強烈的情感效果，但表達情感的方式，基本仍然是「古典」的，也就是有規律、有秩序、有結構的。聽這樣的音樂，我們不能不探究曲式規範和結構關係，如何呈示、如何發展、如何再現、如何在再現中進行巧妙的微量變化。或者換個角度說，聽這樣的音樂，多了解作曲家設計了怎樣的動機、怎樣的主題、怎樣的節奏，又如何讓這些元素依循一定的邏輯變化開展，必然大有助於我們和音樂建立更緊密的連結，從音樂中聽到更多、感受更多。

也因此，演奏這樣的作品，演奏者不能只沉浸在感受裡。他或他們必須弄清楚曲中所要說的，一句一句、一段一段，清楚、有把握地表達出來，才算符合作曲家的基本精神。作品是以 discursive 風格寫的，如果沒有將那線性的井然秩序放在心上，放進演奏中，演奏出來的音樂，很容易就散掉了，模糊、凌亂、不知所云。就算演奏者的本意是突顯音樂中的感性，但這種作品，其感性也只能在有頭有尾有中腰的明確秩序中，才有辦法發揮效果。模糊、凌亂、不知所云的貝多芬、舒伯特、布拉姆斯是感動不了誰的。

十九世紀中葉的浪漫主義運動，逆轉了這樣的音樂道理。並不是說浪漫主義的音樂就沒有秩序、沒有結構了，而是浪漫主義的音樂改以導引、刺激 emotions 為目的，這個時期的音樂家轉而寫一種全面感受性的音樂，就算有秩序、有結構，他們也不要聽眾隨時察知秩序與結構。

他們追求的，是讓聽眾遺忘秩序、遺忘結構，在遺忘、不自覺中，被音樂帶進起伏的情緒變化裡，或應和音樂喚醒了自我內在深藏的記憶與情感。那是 spell，那是 intoxication，那是 trance，那是對反理智的失神狀態。

因而，演奏浪漫派或後期浪漫派的作品，不能刻意「把話講清楚」，講清楚就不會失神迷醉了。演奏蕭邦，不能將一個個樂句斷得乾乾淨淨，不能把內聲部或某些黯淡低音突顯出來，不能維持固定不變的節拍。這些用來建構秩序的元素，在蕭邦的音樂裡，變成了讓人無法進入失神迷醉狀態的障礙。演奏李斯特，即便是叫作「練習曲」的作品，都不能將每個快速滑過的音，彈得清清楚楚，也不能將排山倒海轟然而來的大音量聲部，不混雜地分別開來。那樣就傳達不出李斯特要探入的極端情緒——激動、絕望、崇高、邪惡、可生可死的迷戀。

也就在這裡，區別開了布拉姆斯和華格納或馬勒。布拉姆斯音樂中最強烈的情感，只有在講清楚每個音符、每個樂句時才湧動衝擊我們；相對地，華格納或馬勒的音樂卻是在大家都遺忘掉了音符、樂句、和聲的道理時，才產生了終極的感動。

我曾經和指揮家江靖波閒聊談到了這個音樂史變化的觀察，靖波以他的指揮經驗回應：的確，指揮演出布拉姆斯和馬勒的交響曲很不一樣。儘管馬勒交響曲編制及規模都極為龐大，但演出布拉姆斯要比演出馬勒來得辛苦，演完也會比較疲累。我的認知：那是因為馬勒的曲子可以、也應該在一種集體流盪情緒中滑走過去，但布拉姆斯的曲子無法這樣演奏，一定要不斷動著思辨之力，不斷思考、理解其中的訊息與結構。

詩的解碼和感受

對於音樂的聆聽與思考，讓我在這幾年中，換用不同的角度來分類現代詩作品。有 discursive 的詩，另外有 emotional 的詩。有話要說的詩在一邊，主要為了傳達、感染氣氛的詩在另一邊。

從這個角度看，我不會再主張台灣戰後的現代詩都是抒情詩，以抒情詩為主。如果抒情詩就是傳達、感染氣氛的詩，那麼像周夢蝶、商禽和瘂弦的詩，都不該被放進抒情詩的分類裡。

在「黃金十年」（一九五六～一九六五）這段時間中，他們寫出來的詩，基本上是「有話要說」的。他們運用了現代詩的形式，運用了減省、扭曲的語法，運用了超現實主義的意象與邏輯……無非是要讓他們想說的話，透過迂迴的方式能夠跨過政治、社會與自我恐懼的審查，說出來，而且說得更深、更廣、更痛。

雖然隱晦，但創作的根本動力，畢竟來自於要努力訴說難以訴說、不可訴說的離亂、戰禍經驗，戰爭創傷之餘的生命省察。那是 discursive 的，只是其 discourse 不是直白的，而是間接的。那是一套用暗碼 coded languages 所寫成的訊息，需要被解讀，但重點仍然在於撥開表面，解讀出內在的訊息，而不在於單純只是接收這一個個的暗碼。看到那些文字所構成的符碼，我們明白知道自己該做什麼，我們應該要想辦法「解碼」，解讀出詩人藏在符碼間的敘事或感慨。而也正因為必得通過「解碼」我們才能碰觸到他們的敘事與感慨，「解碼」的延宕、費力過程，會使得我們對於內藏的敘事與感慨，了解得更深，也了解得更私密，詩人的敘事與感慨，和我們的私人記憶、私人情懷有了連結、呼應。

他們說著：「我很痛苦」、「我很想家」、「我不知道明天在哪裡」、「我寂寞」、「我沒有把握生命是有意義的」……但如果他們用直接的方式說，我們讀到了，只會覺得那是他們的痛、他們的寂寞、他們的徬徨與猶豫。但他們轉以間接、迂迴的方式說，逼我們隨他們的文字繞經自己的內在意識，幽微陰暗壓抑的意識角落，繞著繞著，那就變成了我們自己的痛、我們的寂寞、我們的徬徨與猶豫。

解碼這些現代詩，需要的不是數學天才，而是願意灌注我們自己的生命經驗與體會。把我們的記憶，把我們與這個世界曾有過的齟齬、衝突，把最深最無奈的感慨叫喚出來，這些表面上看來如此隱晦的詩，才變得可解。

抒情詩的繼起

抒情詩和這種以符碼書寫的詩，最大的差異在：抒情詩沒有要我們去解碼，而是要我們去感受。

我對台灣現代詩史新的修正看法：台灣現代詩在五〇年代中期到六〇年代中期，出現了成就驚人的「黃金十年」。那十年成就，基本是建立在一種以「超現實主義」為底蘊的戰亂、悲運、宿命的語言符碼上。這些詩人的流離遭遇，相應的惶惶然痛苦，加上政治局勢的壓抑與噤聲，在在使得他們不得不訴諸一種隱晦卻濃烈的語言、語法，來發抒碰觸到靈魂底層的焦慮經驗。

一九六五年之後，那樣的戰亂、流離背景逐漸淡出，於是洛夫停止了《石室之死亡》的寫作，進行風格轉化。商禽和周夢蝶大量減產，一年只剩下三兩首詩。鄭愁予暫時停筆，要過十年後才再有作品，而新的作品，也就已經和原來《鄭愁予詩集》裡的大異其趣了。瘂弦，更是徹底停止了詩的創作，從此再也沒回來了。

原有的主流風格陷入枯竭的困境。如果沒有新的風格刺激出新的創造力來，我們可以想像，台灣的現代詩很可能就在「黃金十年」後快速走下坡，變成一個戰後曇花一現的傳奇，甚至也可能因後續無力，使得「黃金十年」的成就都被忽視、遺忘了。

尤其是從一九六〇年起，另一種文類正快速崛起，搶奪了現代詩的鋒頭。那就是現代小說。一九六〇年，由台大外文系一群同學創辦的《現代文學》雜誌正式出現。那一班最大的成就，也是最不可思議的現象，就在於高度集中的小說天分——白先勇、王文興、陳若曦、歐陽子、叢甦等人都寫出了精彩的短篇小說。接著又有黃春明、王禎和等不同風格新小說寫法加入其中，《現代文學》創造出了一代小說風潮來。

雖然《現代文學》雜誌上也刊登現代詩作品，然而從更早由夏濟安主導的《文學雜誌》，延續到《現代文學》，這一批台大外文系師生真正最耀眼的貢獻，畢竟在於以作品和譯介和理論建立（或重建）了中文現代小說的傳統。

《文學雜誌》、《現代文學》之外，還有陳映真、尉天驄他們的《筆匯》雜誌及後來衍生的《文學季刊》、《文季》雜誌，一時之間，小說創作上熱鬧滾滾，群雄並起。

台灣的現代小說於焉堂皇登場。在這個現代小說大舉躍升的時代，現代詩如果沒有新的動力與活力，很容易就在對比下被邊緣化了。但事實上，現代詩沒有被邊緣化，現代詩持續占有台灣文學環境中相當主流、相當醒目的位置。由此，我們察知了一個應該認真推究的問題——「黃金十年」之後，「超現實主義」現出疲態之後，是什麼樣的力量，支持了台灣的現代詩發展呢？

其中的一股力量，就是由當時的葉珊、後來的楊牧所提供的新鮮抒情詩風格。在符碼化，discursive formation 黯淡之處，新的感受性抒情語法發出亮光來，由彼到此，讓人不覺現代詩曾經有過發展的危機，不覺現代詩曾經低潮沒落過。

六〇年代快結束時，抒情詩已經形成了沛然的潮流，寫詩、讀詩，不可能避開這個潮流的籠罩影響。到七〇年代中後期，一種新的現代詩風格意識要崛起，也就非得挑戰抒情詩、跨過抒情詩不可。

我的老友劉克襄，曾經騎在這波現代詩新風格崛起的浪頭上。他早期的成名作——詩集《漂鳥的故鄉》、《在測天島》——帶著強烈的批判、革命熱情。當年他最為人所傳頌的詩，是一開頭就用大白話說：「十八歲就加入國民黨／彷彿是生平最丟臉的事」，一點都不像是詩的語言，無法想像會出現在詩中的句子。

這樣的劉克襄，也就必然要寫另外一首當時引發震撼與爭議的詩，標題叫〈詩人〉。詩中劉克襄寫了一個他要批評、反對的詩人，可以說是他樹建的一個代表主流的 archpoet，他給了這個人一個名字，叫「舒逸」，既舒服又安逸，這位詩人在美國的大學裡教書，每年夏天，就從「上國」回來我們這裡，發表一些飄渺浪漫的詩，讓女學生們為之著迷。

這位「舒逸」，就是諷刺地摹寫楊牧，或說摹寫出劉克襄心目中無法同意的浪漫詩人，活在自己所創的抒情世界中，渾然不覺周遭社會所發生的事，在他的詩中，沒有現實、沒有社會關懷，當然更沒有抗議抗爭。

新一代的詩人，如劉克襄，將自我的創作認同，建立在反對這種抒情詩之上。正因為成長中，他們是在這種抒情詩全面籠罩的環境中接觸詩、學習讀詩寫詩的。那曾經是他們視之為理所當然的詩的模範、詩的權威。現在他們長大了，他們必須經歷象徵性的「弒父」，來伸張新世代、新時代的自我。

要論以抒情與浪漫情調疏遠現實、隔離社會，楊牧絕對不是最糟糕、最嚴重的。然而敏銳如劉克襄者，卻立即察覺了楊牧的高度代表性。楊牧穩穩坐在這個抒情傳統的正中央，他就是這個抒情傳統的主要打造者，因而也就成了劉克襄象徵性「弒父」的首選對象。

暫時擱置理性分析的「我知道」

以這個抒情傳統為背景，閱讀楊牧的詩，和閱讀商禽或瘂弦的詩，要有不一樣的方式、不一樣的態度。

楊牧的抒情手法，其中一項成就，在於抗拒理性的解釋分析。如果他的詩也能夠用像對待瘂弦的詩一樣拆開解碼的話，楊牧在我的心目中，不會有那麼高的地位。楊牧絕大部分的詩是不能解釋的，而是先在我們心中激起一份莫名的信任，任由他在將理性暫時擱置、蒙上眼罩的情況下，把我們帶到一個過去不曾去過、甚至不知其存在的情感狀態中。

〈你的心情〉：

你的心情我想我知道
當黃昏自聖誕紅上褪色
黑夜在屋頂上，黑夜在
紅瓦暗淡的屋頂上逡巡
啊！你的心情好像那霜雪
我試探著，感覺七尋下的
微溫，那裡曾經有一座火山

火山是你的心情我知道

……

像這樣的詩，劈頭就說「你的心情我想我知道」，沒有道理、不解釋，卻自然傳來深情意味的申言。我們也就沒有道理、不求解釋地陷落入其中的抒情氣氛裡了。

因而要介紹楊牧的詩，我能運用的方式，只有找出少數幾首仍然容許分析與解釋的詩，重點不在解釋詩的意思或意義，而是細密地理解楊牧憑什麼——憑什麼可以如此輕易取得我們的信任、號召我們的情感，又憑什麼可以讓他的作品有那麼大的感染力，以至於能在台灣現代詩的轉折點上，低調卻有效地打造了一個龐大的抒情傳統。

如果你平常不是個 sentimental 多愁善感的人，如果你過去對於抒情詩帶著一份抗拒的態度，你沒有習慣將自己交給一個聲音、一首詩、一位詩人，你遲疑、甚至拒絕信任，因而遇到了抒情詩時，會不自主地皮膚起疙瘩，那麼也許透過分析楊牧幾首仍然可以分析的詩，能讓你明白抒情有其道理、有其手法，讓你暫時放掉那份擔心不知自己在做什麼的防衛，試試進入抒情的世界裡。

先來讀〈花蓮〉。這首詩原本收在楊牧的詩集《海岸七疊》中，楊牧為這本詩集寫了一篇〈詩餘〉，也就是「後記」。從〈詩餘〉中我們得以明瞭這首〈花蓮〉的創作動機。他主觀認定，這是他所寫的 prothalamion，中文一般譯為「婚頌」，關於婚姻，寫在新婚之前的詩。

Prothalamion 來自文藝復興時代的習俗，規定男人娶妻之前，要先寫一首稱頌新娘或稱頌婚姻的詩。詩中同時也就表達了對於婚姻的許諾，漂漂亮亮、白紙黑字寫下。這不是「婚前契約」，不具備法律效力，然而因為是以真情灌注在詩的高貴形式中所寫下的，應該要比「婚前契約」有著更強大的情感約束力。

儘管有些懶惰或無才的新郎會僱用代筆來寫 prothalamion，形式規範上，prothalamion 必然是新郎獻給新娘的。詩中重要的內容，是讚美新娘，並對新娘願意接受婚約表達感激。不過，要以詩的形式來寫，這讚美和感激就不能直接了當地說，而要找出一種迂迴的方式，避開陳腔濫調，在委婉、間接中顯現真情。

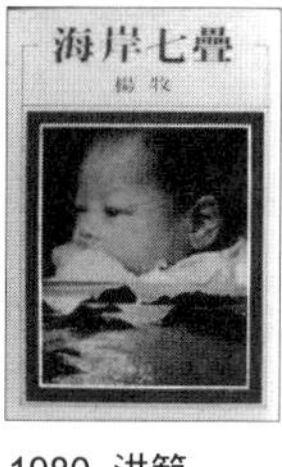

1980 洪範

換句話說，現在婚宴上從主婚人、證婚人到新郎新娘所說的話，大概都符合不了 prothalamion 的標準。即便是像婚姻這樣的大事，我們都沒有耐心也沒有能力給自己找到獨特的語言來誌記、存念了，一開口就都是別人說過千千萬萬遍的陳腔濫調。

多麼美好的傳統啊，prothalamion！真該規定：寫不出合格 prothalamion 的男人，就讓他活該不能娶老婆。對一個女人來說，一個男人在愛情最深最濃時，都找不到不一樣的話來讚美妳，來表示對未來的承擔與承諾，妳還幹麼同意嫁他呢？如果台灣每個婚姻後面都有一首獨特、感人的 prothalamion，我相信這個社會會比現實好得多！

在重重濤聲中聽見詩

好了，不開玩笑了。楊牧是以回到文藝復興時代的認真心情，寫他的「婚頌」，寫給他的妻子夏盈盈。

那窗外的濤聲和我年紀
彷彿，出生在戰爭前夕

日本人統治台灣的末期
他和我一樣屬龍，而且
我們性情相近，保守著
彼此一些無關緊要的祕密
子夜醒來，我聽他訴說
別後種種心事和遭遇

有些故事太虛幻瑣碎了
所以我沒有喚醒你
我讓你睡，安靜睡
睡。明天我會撿有趣
動人的那些告訴你

詩最前面的兩段，十三行，如此直白簡單，讀過去，不覺得有任何需要停留下來多想想多解釋之處。但，真是如此嗎？讓我們硬是停下來，留一下。首先，楊牧的詩，絕大部分的詩，不能只是用眼睛順著字讀過去。無聲讀過去時，你是否忘記了：每一個字，背後都有一個聲音，詩不只是字的排列，也是聲音的連綴。

將這些字唸出來，按照楊牧安排的方式唸出來，逗點處停一下，分行處再停得稍久一點，看看，唸出了什麼不同的體會？

楊牧的詩總有細密的聲音安排，配合內容意義的一種獨特韻律。唸出來，我們必然會在這幾行上放慢速度：

有些故事太虛幻瑣碎了
所以我沒有喚醒你
我讓你睡，安靜睡
睡。……

不單只是表達讓你睡，不喚醒你，重複的「我讓你睡，安靜睡／睡。」自然的漸慢效果就帶來了一種情緒，那份發自內心的疼惜與不捨，讓你能夠好好睡著，不被打擾，如此重要。

唸著，仔細感受，我們又會察覺：詩的第一行結束在「紀」，第二行結束在「夕」，第三行「期」，第六行「密」，第八行「遇」。是了，這些字行是押韻的。八行中有五行押韻，但又跳過了第四、第五和第七行，這樣產生了一種錯落的效果，讓韻腳不那麼規律，不那麼死板。

錯落而不死板，使得我們唸的時候，不見得會察覺韻腳的存在，但是重複的韻腳卻必然指引著聲音的起伏與句子該如何開頭、如何收尾，產生內在的節奏與音樂性。

第二段也有這種巧妙低調的聲音設計：

有些故事太虛幻瑣碎了
所以我沒有喚醒你
我讓你睡，安靜睡
睡。明天我會撿有趣
動人的那些告訴你

行末有兩個重複的「你」，還有一個和「你」近似成韻的「趣」。但還不只如此，在我們的舌尖上，還能無意識地感覺到「碎」和「睡」、「睡」、「睡」之間的呼應，尤其在捲舌不清楚的「台灣式國語」中，「碎」和「睡」有著既類似又不同的聲音趣味。

這些聲音不可能是偶然排列成的，而是楊牧悉心琢磨出來的。但他的琢磨不直接顯現在表面，他追求的，不是我們一眼就看得出來的，或一唸就察覺的規律，而是一種介於表現與隱藏間的音響。乍看下，我們以為他跟我們一樣，照著說話的方式說著，但其實，他詩所呈現的，是經過音樂與修辭計較之後的結果。

那窗外的濤聲和我年紀
彷彿，出生在戰爭前夕
日本人統治台灣的末期
他和我一樣屬龍……

這樣的開頭在表達什麼?這顯然是以擬人法所寫的,將「濤聲」假想為人。詩題為〈花蓮〉,關於花蓮,最平常的聯想就是海,太平洋,一個人到了花蓮,看到海,聽見海浪的聲音,毋寧是自然的。但詩人不只是聽到海浪濤聲,他感受到這濤聲和他之間的一份親密親切,濤聲像是個人,像是他所認識、熟識的人。

被擬人化的,不是大海,而是濤聲。詩如此開頭,隱然宣示了,這是一首以聽覺而非視覺為主的詩。儘管我們只能用視覺追索著一個個字閱讀,但楊牧清楚地要我們聽見聲音,從聲音上來體會。

濤聲親密到有了身分、有了身世,而且這身世更進一步加強了親密感。先說「和我年紀/彷彿」,兩行之後,濤聲甚至精確地「和我一樣屬龍」,有了身世的濤聲,也就和我一樣,有了歷史、有了時代遭遇,我們不只同代、同歲,我和窗外的濤聲還一起經歷過戰爭、經歷過日本人統治的末期。

這擬人化的濤聲是誰?誰會如此和我不只「年紀彷彿」,根本就有同樣的年紀,甚至還有同樣的性情?這只能是詩人自己,詩人的「另我」alter-ego,詩起頭於詩人有意識地將自己一分而二,一個是濤聲,一個是聽著濤聲的自己。

為什麼要如此分裂，讓我們再往下：

子夜醒來，我聽他訴說
別後種種心事和遭遇

我們進一步知道，詩人為什麼會如此善感，那是因為「別後」。一個離開花蓮的人回到花蓮，分別的時間使得他對於花蓮有著種種情懷，子夜裡窗外的濤聲成了他投注別後複雜情緒的對象。或是說，一個離開了的自己，和另一個想像中留在故鄉的自己——化身為「窗外的濤聲」——進行內在對話。

「回到了久別之後的家鄉花蓮，深夜裡，我想起了關於家鄉的種種。」是的，用大白話說，這段詩說的就是這麼回事。但這樣大白話說出來的，和詩人迂迴設想自我與濤聲的對話，給我們完全不同的感受。重點不在訊息，而在感受。或者說，因為將訊息包藏起來，反而才能加深加強我們對於訊息的接收，訊息才不會被淹沒在日常中不痛不癢地一眼看過。

詩的力量就在找到一種不同的方式訴說我們以為自己知道的事，因而讓我們離開了不痛不癢的狀態，感覺到痛，感覺到癢。

最有美麗的新娘

〈花蓮〉的第三段：

雖然他也屬龍，和我
一樣，他的心境廣闊

體會更深，比我更善於
節制變化的情緒和思想
下午他沉默地，在陽台外
湧動，細心端詳著你
（你依偎我傻笑，以為
你在看他，其實）他看你
因為你是我們家鄉最美麗
最有美麗的新娘

這一段繼續說明為什麼自我會分裂。因為兩種強烈的刺激，產生了雙重視焦的恍惚之感。一邊是回到家鄉的心緒，一邊是帶著「你」、從對「你」的感情而產生的心神蕩漾。帶著「新娘」回到了久別的家鄉，使得眼前可見可感的一切，都變得不再真實，愛情與時光雙重因素中介、改變了現實。

這一段也更進一步呈現了自我是如何分裂的。除了時間的原則，一個過去的、家鄉的自己，一個現在的、回鄉的自己，之外，還有別的。一個現實的自己，和一個想像中、理想中應該有、會有的更好的自己。

描述「濤聲」與「我」的差異，也就是在描述現實自我與理想自我的差距，也就是在暴露自我認知的反省。「他的心境廣闊／體會更深，比我更善於／節制變化的情緒和思想」，這幾句詩，表達的意念，也就等於是：我覺得自己的心境太狹窄，對於世界與人事的體會不夠深，還有，我應該不要那麼情緒化，應該好好節制多變的想法，讓自己更穩定。

在「你」身邊具體存在的，作為一個人的「我」，因為和你在一起，愛情的衝擊使得我強烈地感覺到自己不夠好，格外鮮明地意識到自己的缺點。剛好又在家鄉的海邊，大自然以如此具體具象的形式包圍著，於是我期許自己能夠更好更理想、更接近那廣闊安穩的自然。

窗外的濤聲，代表了另一個我，可以更好、應該更好的我。如此，同時符合「婚頌」的精神，以迂迴的方式對新娘承諾：為了你，我願意、我必須從窗內的這個有限、有著種種缺點的人，變成由窗外濤聲所代表的那個「心境廣闊／體會更深，……更善於／節制變化的情緒和思想」理想的人。

更進一步，當詩人將自我的一部分投射到自然中，他也就離開了原本有限的單一主觀視角，多了一個折射後返回的「窗外的濤聲」的視角。那是一個更廣闊、體會更深，也就更客觀的視角。

下午，在現實中，詩人和他的新娘站在陽台上眺望大海，新娘因為這變換的環境與愛情的心境，而幸福地傻笑著。但在詩人的心緒中，幻化出兩雙不同視角的眼睛，一雙在陽台上陪著新娘看海，另一雙卻從大海折射回來，回頭盯視著他的新娘。

那由外而內的眼睛，相對客觀，卻又相對理想。理想的自我和自然的奇妙混和。在那樣既理想又客觀的眼睛裡，唉呀——你是，你依然是，「我們家鄉最美麗／最有美麗的新娘」。

意味著，你的美麗，「最美麗／最有美麗」不是我主觀的「情人眼中出西施」。正因為我如此愛你、珍惜你，我的心情會是要確認我的愛、我的珍惜，是有客觀價值的，不全然是我主觀的衝動。於是，我努力讓自己暫時離開主觀，想像、打造一個自然的客觀標準，換由那個客觀標準來衡量，得到的答案，清楚明確，仍然是，「你是我們家鄉最美麗／最有美麗的新娘」。

如此分裂、投射、折射、翻轉之後，那麼簡單而庸俗的讚美，甚至是刻意庸俗（「最有美麗」）的讚美，映照出特殊的高度，與特殊的價值——不是我自己覺得你那麼美，連客觀的海濤由大自然的標準衡量，都不能不說你好美。

詩人自己心中滿溢的愛情，將外在環境都感染為有情。而若自然有情，自然也必定會感知、讚嘆你的美麗。「下午他沉默地，在陽台外／湧動，細心端詳你」，客觀的現實是下午海浪平緩，低抑潮湧，但在詩人的愛情主觀之眼中，就變成了那有意志的濤聲，為了要好好地端詳「你」，都遲緩了波動的幅度。連海浪、連濤聲都被你迷住了，因而沉靜、沉默。

以詩探觸一般事實敘述永遠到不了的地方

「……他看你／因為你是我們家鄉最美麗／最有美麗的新娘」，稱讚新娘的美麗，重複講了兩次，但為什麼第二次要說「最有美麗」呢？詩的下一段有進一步的推衍：

現在是子夜，夜深如許
你在熟睡，他在欄外低語

他說：「你來，我有話
有話對你說。」我不忍心
離開睡眠中的你，轉側
傾聽他有情的聲音——
同我在戰後一起ㄅㄆㄇㄈ的
台灣國語——黯黯地撫慰地
對一個忽然流淚的花蓮人說：

「同我在戰後一起ㄅㄆㄇㄈ的／台灣國語……」這個夾在破折號中的句子，解釋了為什麼是「最美麗／最有美麗的新娘」，因為濤聲和「我」一樣，說的是「台灣國語」。濤聲說的，就是我的語言，一個戰後才學習「國語」，不可能說得純正，永遠帶著特殊台灣腔調、台灣語法的人，不完美、卻真實的我，用內在最真誠的語言，不經修飾地表達對你的讚美。

在此，全詩的第四段，也是全詩最中間的段落，詩人完整地交代了現實情境——在深夜，一個帶著「新娘」回到家鄉的花蓮人，因為雙重激動的心情，醒來，聽到窗外熟悉的濤聲，思前想後，不禁忽然落下淚來。輾轉無法繼續入眠之時，種種情緒潮襲而來，他有好多好多話想告訴身邊的「新娘」，然而一看「新娘」熟睡了，他又不忍心、捨不得將她叫醒，只能自己聽著濤聲，沉浸在滾動翻轉的情緒裡。

作為花蓮人的身分記憶，呼喚著「我」。詩人想要起身，出去到陽台上，更接近大海，更接近自己的花蓮生命過往，但仍然是顧慮著不願吵醒身邊的人，所以他忍住了，只是轉了個身，讓自己可以將海浪濤聲聽得更清楚、更真切。

這是濃厚情感的對比表達，這也是詩人對「新娘」的撒嬌。「我」回到家鄉，回到久別的大海濤聲的籠罩中，我的記憶在呼喚我，我的花蓮人的認同在我身體裡復甦跳躍，我自然且簡單的衝動，是迎向這呼喚、這跳躍，靠近海浪，但因為你，我耐住了這自然且簡單的衝動。只因為不願吵醒你，不願離開睡眠中的你，擔心你醒來意外發現我不在身邊，要「……讓你睡，安靜睡／睡。……」

你太重要了，我對你的疼惜太絕對了，看著你熟睡的樣子，就連我生命中最為洶湧的記憶與認同，都不足以讓我願意吵醒你。愛情中，我如此選擇輕重緩急。

「我」轉側，淚水中傾聽濤聲所說的。詩的第四段結束在「對一個忽然流淚的花蓮人說：」，冒號後面的內容，經過了一個空行的延宕，才出現在第五段中。這樣的安排，除了不讓第四段失衡過長之外，更重要的，是藉由分段、延宕，從形式上就先突顯了這段內容的分量：

「你莫要傷感，」他說
「淚必須為他人不要為自己流」
海浪拍打多石礁的岸，如此
秋天總是如此。「你必須
和我一樣廣闊，體會更深：
戰爭未曾改變我們，所以
任何挫折都不許改變你」

感動流淚的同時，詩人的另一個自我，化身為濤聲鄭重地勸告他：不應該為自己而哭，不管為了什麼樣的理由。現在不一樣了，你（我）不再是一個單獨的人，回到花蓮新的身分是一個丈夫，也就有了新的責任。你必須收束原來滿溢的自我情感，不可以再理所當然地自我中心，心中要有「他人」。

接著，在激動的情緒變化描述間，詩人穿插了一句突如其來的客觀抽離：「海浪拍打多石礁的岸，如此／秋天總是如此」，這句話一方面延宕了詩的節奏，另一方面顯示了詩人、敘述者在這樣的自我分離狀態下，其實並未迷離失神，這些投射給海浪濤聲來表達的話，是他清醒、認真地說的。

說給「新娘」聽，延續前面的心情，進一步許諾：為了你，我願意、我會變得不那麼自我情緒化；為了你，我願意、我會向大海學習，變得心境更廣闊，體會更深；還有，未來不管發生什麼事，不管遭遇到了怎樣的挫折，我都會堅持對你的愛、對你的許諾，如同不受人間波動影響，經歷了戰爭都還是始終如一的大海濤聲般。

大自然是我的見證，也是我的榜樣。如此，前面看似客觀的句子「海浪拍打多石礁的岸，如此／秋天總如此」也就有了多一層的意義。「如此／秋天總如此」，不會因為挫折，個人的或集體的挫折、變動、災難而有所不同，永遠在那裡，永遠如此。

我將如大海般，如秋天般，如大自然一般，穩定、堅持、頑強，這是面對婚姻最認真、最嚴肅的承諾與承擔。

下一段：

有些勸告太嚴肅緊張了
所以我沒有喚醒你
我讓你睡，安靜睡
睡。明天我會撿有趣
動人的那些告訴你

這五行，和第二段的五行基本上是一樣的。只把「有些故事太虛幻瑣碎了」，改成「有些勸告太嚴肅緊張了」。如此形成一種類似「副歌」的作用，前面看過，熟悉的內容反覆出現。

但正因為大部分內容都是重複的，我們該特別留意少數更動了的。「有些故事太虛幻瑣碎了」，描述的是詩人回到花蓮，聽著濤聲想起往事、感懷身世的心情，雖然他有衝動想將這樣的心情告訴「新娘」，但他忍住了。疼惜的愛，讓他捨不得為了這樣的事將「新娘」吵醒。自己的回憶、自己的感懷，都沒有這份疼惜來得強烈。

到了這一段，「有些勸告太嚴肅緊張了」，詩人的激動依舊，然而激動的理由改變了。此刻他的激動源自於愛情延續到婚姻產生的責任感，他想要告訴「新娘」最深情最誠摯的許諾——我的愛和大自然一樣，永遠不會改變——可是即便是這麼重要的事，仍然沒有「讓你睡，安靜睡／睡」來得重要。於是，這份捨不得吵醒「你」的疼惜更感人了，一層深過一層，先是回憶感懷不足以讓我吵醒你，再來是深夜聽見濤聲流淚，想要接近大海的衝動不足以讓我吵醒你，現在是即便為了你而許下的山盟海誓，都一樣不足以讓我願意吵醒你。簡直在這個世界上，沒有什麼事可以比「讓你睡，安靜睡／睡」更重要了！

詩的最後一段：

我要你睡，不忍心
喚醒你，更不能讓你看到

我因為帶你返鄉因為快樂
在秋天子夜的濤聲裡流淚
明天我會把幾個小祕密
向你透露，他說的
他說我們家鄉最美麗
最有美麗的新娘就是你

這是總結，用大白話說出現實中發生的事——「我因為帶你返鄉，因為快樂，而在秋天子夜的濤聲中流淚」，現實中不過就只發生了這麼簡單的事，然而重點不在發生了什麼，而在心情，在如何以詩來探觸一般事實敘述永遠到不了的地方。

看似自然卻又精巧設計的細節

楊牧的詩，表面看來很自然，但實際上所有的細節都是精巧設計的。什麼在前，什麼在後，他的詩有律動的方向，還有井然的結構，以及特殊的聲音秩序。

他的〈海岸七疊〉：

在一個黑潮洶湧的海岸
我們尋到歇息生聚的地方
（你曾經長期隨我流浪
帶著雙鞭，和一對刀槍）
俯視溪谷草原的山坡上
我們尋到了喬木和果樹

首先是聲音。「地方」、「流浪」、「刀槍」、「山坡上」、「書房」，七行中，有五行結尾是押韻的，而且其中四行結束在兩個字構成的詞語上，為了避免單調，其中第五行就換成了三個字「山坡—上」所形成的節奏。

聲音隱約地主宰了斷句。兩個沒有押韻的行末，在對照下，讓人覺得不是完整、獨立的句子，依附在前面或後面的句子上。「在一個黑潮洶湧的海岸，我們尋到歇息生聚的地方」，「黑潮洶湧的海岸」，是大自然，但它不是以獨立客觀的方式存在於詩中，而由「我們尋到歇息生聚的地方」來定性的。其意義，在於使我們能夠找到能夠安適生活的居所。

另外一句，「俯視溪谷草原的山坡上，我們尋到了喬木和果樹，也尋到了練武的院子，和讀書寫作的書房。」和前面一樣的邏輯，「溪谷、草原、山坡」是自然，但被人的視野與經驗改造了，改成能有「練武的院子，和書房」的地方。客觀環境和主觀期待始終交錯交融。

別的文章裡，楊牧記錄過這段奇遇。他第一次遇到後來的妻子夏盈盈，是在火車上。攀談認識了之後，赫然發現這位女子竟然是劇校出身，擁有一身刀馬旦的功夫。「雙鞭」、「刀槍」、「練武」都指涉盈盈的京劇背景，不過跟「歇息生聚」、「長期流浪」放在一起，就有了一種奇特而細微的悲壯底色沾染其中。

詩描述的，就是兩人結婚後，新婚妻子隨他遠赴美國西雅圖，找房子安新家。尋訪適當的新居，如何找？依照詩中的順序，首要條件是自然，黑潮洶湧的海岸，有溪谷草原的山坡；其次是田園，有喬木和果樹；然後要有你可以練武的院子，最後才考慮到「我」，所以讓「書房」放在句尾，也是這一段的終結處。「練武的院子，和書房」，中間刻意加入的逗點，使得「和書房」三個字像是後來補上的，和「練武的院子」不是平行並列，而是不對等的。

這就是情詩，必須壓抑自我，擺脫自我，才有為愛情對象而寫的衷心的詩。

並且我們驚喜地發覺
在一個黑潮洶湧的海岸
有生命比陽光還亮，比白雪
清潔，比風雷勇敢。這一切
北極星是這一切的見證

無論從哪一個方向觀察
凜凜巍峨，喜悅，堅強

第二段的聲音安排：「發覺」、「白雪」、「一切」，前四行，有三行押了同樣的韻，這是前面沒有的，新的聲音元素。然而，原來的聲音沒有真正被取代，從第二行到第四行，新舊聲音形成了巧妙的對唱——「海岸」和「勇敢」是一組；「白雪」、「清潔」和「一切」是另一組；但別忽略了，還有夾在中間的「比陽光還亮」，這是前面一段的韻腳。

於是在第五行，新舊韻腳穿梭交錯：「北極星是這一切的見證」，然後同樣的並列又出現在第七行：「喜悅，堅強」，如此我們一方面一直聽到新的韻，但這段的結尾，仍然結在和第一段同樣的韻腳上。

自然與人的生活，更進一步彼此嵌合。自然既是如何活著的衡量標準（「有生命比陽光還亮，比白雪／清潔，比風雷勇敢。」），自然也是人可以更有意義地活著的見證（「北極星是這一切的見證」），生活和自然並列，活在自然之間，而不只是活在人間，使得「清潔」、「勇敢」、「喜悅」、「堅強」等常見的形容詞，有了不同層次的光彩。

詩人用這種方式傳達選擇新居的興奮與期待，找到了一個地方，在那裡人似乎重新認識了自然，即便是原本就總在天空北方的北極星都有了新的面貌——和人更貼近，反映人的理想的面貌。在這裡，人的生命要活得像北極星般，詩人興奮地期待：從任何角度觀察，都同樣地「凜凜巍峨，喜悅，堅強」。從北極星的「凜凜巍峨」，如此快速卻又毫不勉強地立即轉入人的性質——「喜悅，堅強」。

人與自然疊合

看到了天空之後，接著下一段我們既近且遠，遠近互相辯證地感受到了海洋：

快速還勝過海鷗鼓盪的
翅膀，飛越漂流的冰山
在一個黑潮洶湧的海岸

探索心的傳奇，血的傳奇
綠藻和珊瑚的神話
在我們掌心底下，生命的
汪洋浩瀚溫暖而明亮

這段的第一行是個不完整的句子，「快速還勝過……」主詞是什麼？什麼比海鷗鼓盪的翅膀還快？我們必須從前一段連結下來，被省略了的主詞是「生命」，「有生命比陽光還亮，比白雪／清潔，比風雷勇敢。」而且比海鷗飛越漂流的冰山時翅膀鼓盪的速度還快。

在此，海鷗適當地扮演了兩段間的承接角色。前一段的結尾，詩讓我們仰望有北極星在的天空，又在天空中感受與人間生命對應的「喜悅，堅強」；這一段的開頭，詩帶我們看見飛在空中的海鷗，再藉海鷗把海洋帶回來，看見海上漂流的冰山，具體感受「在一個黑潮洶湧的海岸」，而且顯然是北方靠近北極的海岸，才會有冰山，冰山、北方、北極、北極星，意象意念緊密相扣。

然後，「生命」這個主詞開展下一個句子，以「探索」為其動詞。和海洋接近的生命，探索海洋的「神話」與「傳奇」，海洋明顯地比人的生命要來得廣袤、深邃，無法以現實的方式來理解、來掌握，人在海洋之前無可避免感受到渺小、謙卑，那是日常現實以外的「神話」、「傳奇」。然而，一旦我們以有限、渺小的生命去探索龐大、巍峨的自然，那樣的經驗將必然擴大我們自己的生命，讓生命有機會向自然認同，海洋的「心的傳奇，血的傳奇」可以和我們的心、我們的血有機地聯繫起來，於是似乎我們感染了海洋，參與了海洋的「神話」與「傳奇」，「在我們掌心底下」，在我們的生命內裡，也有了一片海洋，一片生命的，而非自然的海洋。

前面提過楊牧的另一首詩——〈你的心情〉，其中的第三段是這樣寫的：

你的心情我想我知道
當白日以蘆葦花為你
織好一條溫暖的圍巾
一頂帽子，一襲臨風的衣裳
啊！你的心情好像那雲霧

我摸索著，看見浩瀚的
波浪，那裡曾經有一片海洋
海洋是你的心情我知道

表達了同樣的人與自然的疊合，透過大海的意象，我們反而更能接近人，接近人內在某些難以描述的心情，浩瀚、波動、擴展、奧祕、不馴……如海洋。投射入自然中，人既可以延伸、衍異自我，還能夠反身更理解、掌握自己。

七次繚繞的詠嘆——《海岸七疊》

讀了三段詩，讓我們回顧一下，第一段的第一行是：「在一個黑潮洶湧的海岸」，第二段的前兩行是：「並且我們驚喜地發覺／在一個黑潮洶湧的海岸」，第三段的前三行是：「快速還勝過海鷗鼓盪的／翅膀，飛越漂流的冰山／在一個黑潮洶湧的海岸」。「在一個黑潮洶湧的海岸」重複了三次，在第一段的第一句，第二段的第二句，第三段的第三句。

這是刻意設計的嗎？讓我們好奇地檢驗一下，看看第四段：

時常，我看你這樣充滿了
好奇和期待，眉目之間
專注地設想著清秀和剛健
在一個黑潮洶湧的海岸
濃霧後面是巨鯨的花園
有定期的船舶繞道航過
航過，直放台灣我們的故鄉

果然，第四段的第四行，又出現了「在一個黑潮洶湧的海岸」！

這是詩的結構上另一個低調而巧妙的安排，詩一共分為七段，每一段都是七行，而每一段都重複出現了「在一個黑潮洶湧的海岸」，分置在每一段的不同位置。第一段第一行、第二段第二行、第三段第三行……如此排列下去。

楊牧在為詩集《海岸七疊》寫的後記〈詩餘〉中這麼說：

歐亞大陸到了西經一百八十度，就已經差不多完全結束了，只留下一個小小的半島。西經一百八十度相當於國際子午線，一條抽象的分割，將時間具象化，卻永遠帶著神祕難解的色彩。半島東陲濺起的浪花屬於白令海峽，附近盛產鱈魚，近年台灣的遠洋漁船也在這一帶梭巡拖網。海峽以東即北美洲，其海岸摺疊納入高寒的雪原，東南走到北緯五十度左右，更呈犬牙交錯之狀，外海則島嶼密布，其中最大的稱溫哥華島，形狀和面積都和台灣相當。而海岸繼續不斷摺疊，創造許多深灣小澳，與群島相輝映——又南至西雅圖，蔚為大港。我看地形圖，大略算算，大港以外，海岸七疊。

「海岸七疊」來自美洲西北海岸的地形，從白令海峽到當時楊牧所在的西雅圖，海岸有七處明顯的摺灣。對這樣的曲折地形，楊牧在〈海岸七疊〉詩中，以工整形式呼應。七段、每段七行，而且從第一段第一行，到第七段第七行，「在一個黑潮洶湧的海岸」一共出現了七次。如此安排，同時也就讓這首詩開頭的第一句，和結尾的最後一句，同樣都是「在一個黑潮洶湧的海岸」。表面上來自地形的「七疊」，有了另一層意義，那也是聲音上跌宕迴繞的「七疊」。中國傳統詩中，有「陽關三疊」，「三疊」，就是反覆詠唱三次的意思。「陽關」是送別之處，「陽關三疊」是送行之曲，特別有「三疊」之名，就是因為離情依依，送別情意除了以歌詞表出之外，也藉著不一次唱完，要延宕三次來顯示。「海岸七疊」之名，因而可以是地圖上的海岸七次彎摺，也可以是以「海岸」為題，而有七次依迴徘徊繚繞的詠嘆。

的確，美洲西北角海岸，從白令海峽下到西雅圖港，有七道迴摺。的確，黑潮洶湧經過這段海岸，所以創造了西雅圖的不凍港。因為有黑潮經過，這裡的海洋充滿了旺盛的生命活力，形成了重要的漁場。這些是自然的事實。楊牧將自然事實取用為人文創造的律則，模仿海岸之七疊，而有詩的七段迴旋體；楊牧又將自然事實取用為人間衡尺，藉自然的標準衡量、期許人間之美好素質。

創作技藝上的「自慢」

表面上如此簡單、直接的形式設計，七段、七行、規律地重複的句子，實質上我們閱讀〈海岸七疊〉時，卻不見得會注意到。這就是楊牧特殊的本事，或說，他有意給予自己詩藝上的特殊挑戰。自設格律，卻又要化格律於無形；創造出一種文字與聲音的井然秩序，卻同時在秩序中製造出渾然、純然「自由詩」的假象。

這是創作上的樂趣，這是技藝上的「自慢」，同時卻也嚴整地回應了抒情詩的基本精神。「抒情」之所在，講究的是「感」，而不是「知」；而理性的「知」經常會破壞、阻撓了「感」。

楊牧要的，不是讀者看他如何把訂好的格律打開，在每一段的規定位置先填好「在一個黑潮洶湧的海岸」，然後再思考、安排前後句子，保證每一段最後都有可以成立的七行內容。楊牧要的，也不是讀者像面對七言律詩一般，早就先準備好了在每個雙數句上找到平聲韻腳。

楊牧追求的，是那一而再回返到我們眼前的「在一個黑潮洶湧的海岸」，帶來一種熟悉、親切的感覺，對這首詩、對那海岸邊的大自然、對那樣一種想望、期待新生命的心情。楊牧追求的，是波浪般推移來回的聲響效果，和視覺裡的意象一起將海洋、自然的呼吸韻律推給我們。「感」在「知」前。

這是一首安穩、舒坦、開闊、光亮的詩。安穩、舒坦、開闊、光亮的感覺，不只來自於文字、意象，也來自巧妙配合的聲音，還有固定固執的結構安排。沒有錯亂、沒有激烈起落、沒有突來的意外。

結構上，七段的詩，第四段是最中間的一段。因而在語意上，第四段有了明確的轉折。前面三段，段段互相扣連，實質上構成了一大段。第二段開頭是「並且」，顯然是承第一段而來的，對第一段尋訪到新家的補充描述。第三段接得更緊，「快速還勝過海鷗鼓盪的／翅膀……」這一句沒有自己的主詞，主詞遠在第二段的第三行「有生命……」。

到第四段，重新開始新的意念，同時將整首詩的主題做了簡潔的整理。前面三行寫了這一切情感的現實基礎——「你」的「好奇和期待」，「好奇」什麼呢?好奇是「清秀」還是「剛健」，也就是好奇究竟是女孩還是男孩。於是我們明白了，被期待的，是一個準備要誕生的新生命；於是我們明白了，前面所描述的「……比陽光還亮，比白雪／清潔，比風雷勇敢……」的那個生命，就是在「你」身體中正孕育著的新生命；於是我們明白了，那片「在我們掌心底下」的「汪洋」，也就是這個新生命。

另外一個重點，第一次出現在這段詩中，將在後半的三段中展開鋪陳的，是「台灣我們的故鄉」。雖然「我們」所在的，是美洲的西北海岸，但這個「黑潮洶湧的海岸」總讓詩人懷想起另一個同樣「黑潮洶湧的海岸」，那是台灣，那是他成長的花蓮太平洋岸。雖然在異鄉，但即將誕生的，卻是個台灣的生命，藉由這個新生命，進一步緊鎖、確認了「我們」的關係，以及「我們」和台灣之間的關係。

於是後面三段，詩轉入新的格式，前面幾行寫「你」，確認「我們」的關係；後面幾行將台灣拉進來，確認「我們」和台灣的關係。

你纖細的小手握緊的時候
本是黑帶二段的拳頭
如今溫婉地梳攏著好看的

短髮，摺疊著小小的小衣裳
在一個黑潮洶湧的海岸
果然有一艘大船驕傲啟碇
啟碇，直放台灣我們的故鄉

好像一切都這麼從容簡單
預備著整理著，忙著為盆花
澆水，將陽台上的小松鼠餵胖
杖著鹿谷鄉的竹竿過馬路
捧回一兜滿滿的郵件
在一個黑潮洶湧的海岸
拆讀弟弟的信，以及航空版
這時日光已經越拉越長了

照滿你的院子和我的書房
春天即將來到，下一代
會比我們活得更充實放心
在台灣，辯才無礙而剛強
雖然他是在外國出生的孩子
在一個黑潮洶湧的海岸

有時問題比答案重要

詩的一項奇妙、特殊的功能，是提供問題。其他文類、其他表達的形式，內化設定了既然要表達，意味著擁有答案，要為自己或閱聽者提供答案。然而正如里爾克反覆強調的，人活著，尤其是年輕的生命，有時問題比答案重要。處於疑惑、追尋的狀態中，受著問題的刺激，甚至折磨，能夠讓人更敏銳地探索自我、吸收自然與人文的訊息。珍惜問題，不要急著找到答案，不要急著拿現成的答案來搪塞自己——這是里爾克給年輕詩人、給年輕人的重要建議。

楊牧有一首〈問舞〉，以問題所構成的詩：

你有可能像黃昏七點鐘的蓮嗎？
當一隻青蛙跳入湖中，你有可能
像那朵醒轉的蓮，在暮色裡
輕搖一下，左右晃動如曩昔之舞
巍巍凝立於我屏息之間
……

開始於一個問題，問題中牽連著一個影像。「黃昏七點鐘的蓮」，詩人邀請我們看見，那將暗未暗之際，在湖邊，看見湖裡的蓮花。然後，一隻青蛙跳進湖中，湖水蕩漾，於是原本靜止的蓮，被水波帶動輕輕搖晃，如同從睡夢中悠悠醒轉過來。

黃昏七點鐘的暮色，和蓮花由靜而動的變化，形成了對比，自然要在黑暗中定靜下來的時刻，蓮花動了，即便我們明知這動，是由青蛙跳入湖中所引起的，卻還是必然感受到一種難以言喻的神妙，一種越過規律的例外。

青蛙而湖水而蓮花的連環動作，青蛙最明顯，湖水漣漪其次，再傳到蓮花時，成了若有若無的「輕搖一下」，那一方面是由靜而動，另一方面卻又在動靜之間，無從分辨何時靜的狀態終結了，搖動開始。對觀者而言，那「輕搖一下」在感官上，不全然真，只是似真，像是來自於自己的恍惚記憶中，曾經看過的一次蓮花景象，「如曩昔之舞」，不是「舞」，而是舞的陳跡，舞的過往，舞的曾經。

於是眼前、當下的時間，從原本的清晰，隨而變得混淆了，和過往、印象錯雜相交，在那突如其來、無所防備的心旌動搖之際，人會瞬間提高了注意力，不自覺地對眼前的景象屏息以對，整個視幕上只剩下那似有似無微微一顫的蓮花，因而不論蓮花具體、現實的尺幅有多大，在主觀之眼中，它必然、只能是「巍巍凝立」，占滿了當下經驗的全體。

接著：

此刻夏天的露水未到綠草地，而且

八面無風，天上只見一顆星
你有可能像彼時的蓮如此接近我
可又如此與我煙水遙隔嗎？
我想你是可能的，我怕你是……
……

這是夏日黃昏七點鐘，詩在此補充了更多客觀情境的訊息，天色將晚，但還沒有晚到在草尖凝露，「而且／八面無風」，全然無風的夏日將晚，原本蓮花如畫面般靜止著，黃昏之際連天空都如此神奇靜謐，「只見一顆星」，乾淨、單純，連月光和複雜的星光都沒有。在近乎絕對、徹底的靜謐中，一隻突然跳下水的青蛙，如同啟動時間般開始了這一切。

前面開頭問：「你有可能像黃昏七點鐘的蓮嗎？」這裡轉而問：「你有可能像彼時的蓮？」那蓮，在眼前微微一動，幽微到不似現實，像是存記在自己心中的某個記憶影像，那「曩昔之舞」，那「彼時的蓮」。「彼時的蓮」不在現實裡，只在我的心底，所以既是自我內在的一部分（「如此接近我」），卻又永遠不可能具體掌握，只是意識中的幻影，甚至不能隨意地召喚（「可又如此與我煙水相隔」）。

這是雙重的、甚至是多重的距離，湖邊的人和湖裡的蓮花，在那顫動的瞬間，受到感動的人只能屏息以對，無從取消和蓮花之間的「煙水相隔」。但還不只如此，那顫動、那屏息，跨越了現實時間，召喚了不知是真或是想像的記憶，於是人和蓮花的關係，不再是現實的、同一時空的關係，中間又多加了另一層意識中異時空的「煙水相隔」。

然後，對於人與蓮花關係的形容，還原為比喻、象徵，回到第一句開頭的「你有可能像……」這是「問舞」，是對一位舞者的提問，你的舞，能夠像「黃昏七點鐘的蓮」一般，給我這樣的夢幻般卻多層次的感覺，讓我屏息、運我於今昔之間嗎？

舞者沒有回答，舞者無法回答。詩人只能、只好自己回答，變成了對自己提問。他的回答是：「我想你是可能的，我怕你是……」前半句，是對舞者衷心熱切的讚美、肯定，你的舞，就連如此幽微巧妙的境界都能呈現；然而後半句，立即轉為無奈地感嘆，是的，如此幽微巧妙的舞，展現不思議之美的舞者，恐怕之於我，也就只能像是那猶疑飄飛在自己心中的「曩昔之舞」、「彼時的蓮」，「如此接近我／可又如此與我煙水相隔」。

成為當下時空的旅者

甚至在濃密如髮的樹影中
沉靜的深巷裡，當隔牆彷彿
有一片果樹林在竊竊佈置一場舞劇
在期待一聲拔高的笛，這時

你有可能像十一點鐘的扶桑嗎？

……

在語意上，第一段結束在既讚美又惆悵的自答：「我想你是可能的，我怕你是……」接著進入了第二段，但楊牧刻意不按照語意分段，刻意延宕，讓第二段開始於「你有可能像十一點鐘的扶桑嗎？」如此一來，從形式上複製、呼應第一段第一行的「你有可能像黃昏七點鐘的蓮嗎？」如此一來，從「甚至在濃密如髮的樹影中」到「在期待一聲拔高的笛」這四行就成了第二段的前導，同時又是第一段的餘音後續。

「甚至」兩字是從第一段通往第二段的連結。詩人對於舞者既讚賞又遺憾的心情——讚賞其肢體足以模擬、表現自然最細微的美，能夠拔脫現實，烙刻為另一個時空、甚至無時空的印象；遺憾這樣的美、這樣的肢體，和自己之間存在著近乎宿命的「煙水之隔」——無法終止、無法離開，被那樣的心情牽拉著，更進一步地設問，問舞者：你可以像黃昏七點鐘的蓮，那你也可以像十一點鐘的扶桑嗎？

這四行描述的情景，關鍵在「沉靜的深巷裡」。這是夜，既黑且靜，而且在一個沒有人影的深巷中。那是介於人與自然之間的世界，有人居住，但因為夜深了，所以人隱去不見，剩下樹所形成的自然。黑暗中，樹影「濃密如髮」；黑暗中樹影風動，搖曳如舞，或如舞之前的準備，似舞非舞之間，所以說「當隔牆彷彿／有一片果樹林在竊竊佈置一場舞劇」。周遭徹底靜默，無聲動搖的樹影傳遞出一種特殊的氣氛，好像即將、應該發生什麼事，隨時會有一個聲音打破令人不習慣、令人不安的靜默，也許是為想像中的舞劇開場的一聲笛音……

你有可能像十一點鐘的扶桑嗎？
當一隻麻雀因為釋迦之蒂落
驚醒在自己的翅膀上，隨即
掩回，沒入夜色裡
你有可能像那朵扶桑嗎？
……

第一段是「你有可能像黃昏七點鐘的蓮嗎？／當一隻青蛙跳入湖中……」第二段是「你有可能像十一點鐘的扶桑嗎？／當一隻麻雀因為釋迦之蒂落／驚醒在自己的翅膀上……」兩段的開頭平行反覆，卻又有明顯的差別。第二段第一句，省去了「夜晚」，只說「十一點鐘」，因為前面四行的前導，已經將深夜的時間精確地點出了。

第一段以「蓮」比擬舞者，青蛙跳下水使得蓮花「輕搖一下」；第二段卻比第一段來得更婉轉、更隱晦，以「扶桑」比擬舞者，但文句表面描述的，卻是麻雀。第一段結尾四行中夜晚的靜寂鋪設出的戲劇性期待，最終在第二段實現為「釋迦之蒂落」，一顆成熟了的釋迦，重量超過了其果蒂所能承擔，瞬間飽滿地、沉沉地掉了下來，發出打破了深巷沉靜的響音，效果有若戲劇開場的一聲拔高的笛，於是驚醒了原本已經在濃密如髮的扶桑樹影中睡著的一隻麻雀，麻雀將埋在翅膀中的頭直伸起來，然後又收回去，回到夜色裡。這一切快速發生，快速結束，高度戲劇性，卻又霎時生滅，以致若有似無，虛實曖昧。

「那朵扶桑」在背景裡。和「黃昏七點鐘的蓮」一樣，「那朵扶桑」顯然也在釋迦蒂落到麻雀驚醒的過程中，連帶地輕搖了一下，但在這裡，詩人把「輕搖一下」的描述都省略了，扶桑的動作比蓮更輕更幽微，也就更不似現實、事實，介於當下時間與永恆現象的恍惚地帶。

……

你有可能像那朵扶桑嗎？
其情緒也絳紅，且能夠
照見旅人的顏色，如異國之舞
乃是我所未曾目睹親見的

其神色也壯麗渾成而溫柔
介乎小雅大雅之間，且能
美我之仁刺我之暴
甚至以光的升降和游移
描摹我們先人的遷徙，戰鬥，和休息
我相信你是可能的

詩的語言在此陡然一變，出現了文言而非白話的語法：「其情緒也絳紅……其神色也壯麗渾成而溫柔」，語法的轉變配合詩意的轉變，這裡的「扶桑」和前面的「蓮」有了很不一樣的性質，「蓮」所激發的，是詩人的個人情感，私我的記憶與感動，引致私人的感慨與遺憾；「扶桑」代表的，卻是更廣大的、更崇高的，集體、文明、歷史乃至道德的感動。

那是神祕的 uplifting 體會。深夜裡的一個景象，純粹的寧靜中釋迦蒂落，麻雀驚醒顯現隨又隱入夜色，伴隨在旁邊、在背景裡的一朵絳紅色的扶桑，彷彿在黑暗中自體發光，見證了這一切的戲劇，給予人一種難以言喻的超脫感受。人的情緒被包納入自然景象中，被自然景象決定了。看著那朵扶桑，情緒一併轉為絳紅色，由扶桑聯想起「扶桑之國」——日本，聯想起「異國之舞」，日本的舞踊，聯想起日本舞踊所源自的中國古代，一種消失了卻又令人想像嚮往的歷史文明，回溯《詩經》中〈大雅〉、〈小雅〉所記錄、傳頌的古典貴族情狀——「其神色也壯麗渾成而溫柔」。

專注、投入地吸收這樣的自然景象，心中不覺產生謙卑、崇敬之感。那份「壯麗」的衝擊，和面對大峽谷巨幅山水並無二致，只是由近似偶然細節——「深巷」、「樹影」、「釋迦」、「麻雀」到「扶桑」所組成的情境，更是「渾成而溫柔」，不帶任何威脅。

人被這樣的想像帶離現實，進入高華的古典，以古典的高華為標準重新檢驗自己的生命，清醒洞澈地查知自己的粗糙缺失，受如此崇高之美感染包圍，努力讓自己成為更好的人、擁有更像樣的生命（「且能／美我之仁刺我之暴」）。

那樣的景象，夜裡的扶桑或如夜裡扶桑般的舞姿，還能藉由刺激出美的直覺震撼，創造異質的時間感，剎那轉瞬之際就直觀地映照出故事來，我的來歷，我們的來歷，「先人的遷徙，戰鬥和休息」。

詩中「照見旅人的顏色」有現實的指涉，詩人當時在美國教書，休年假回到台灣在台大客席任教，因而認識了詩中的舞者。不過「旅人」同時也在詩中有了更普遍的意義，舞者與舞姿所激發的想像，讓他，以及讀詩的我們，成了當下時空的「旅者」，我們嚮往、我們迷疑彷彿進入了另一個更美好，「我所未曾目睹親見的」時空與文明，體會了一種當下不可能的神色與景觀，比現實的一切更壯麗渾成，卻又更溫柔。

於是，最後一行「我相信你是可能的」，表面上看來和前一段的「我想你是可能的」類似、重複，但上下文夾顯出來的情緒，其實很不一樣。前段的情緒是私密的，暗戀的，激動卻不安的；後一段則昇華了那份私密、暗戀的情感，昇華為轉由大我的，歷史的，文明的角度而來的真誠讚賞，「你」的舞姿、你的風采、你的藝術，竟然足可以逆轉時間、記錄歷史，傳遞、承擔高

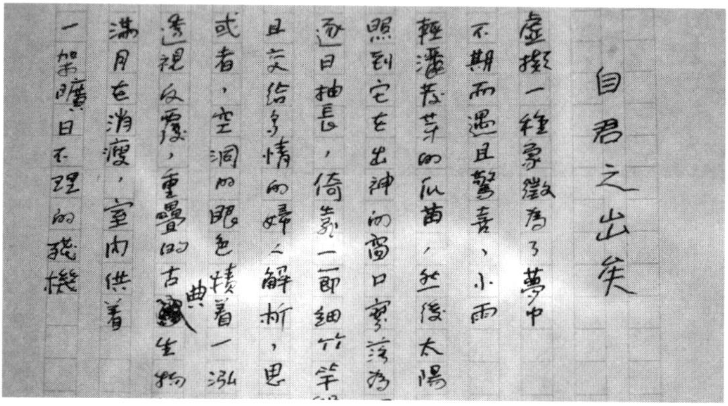

楊牧手稿

貴且華麗的集體感動，不光只是感動「我」，在我心中種下不安不確定的愛意。

　　詩人要說的是舞者多好、舞多美多棒，然而他的說法，婉轉取道於「問」，兩個深情的「你有可能」的設問，引出兩段自我探尋解答，如此成就了至高的肯定與讚美。詩人以豐沛的詩情與詩藝營造了這樣的讚美，這讚美在讀者心中渲染開來，變成了我們藉以看見世界的一雙新的、更敏銳也更有感情的眼睛。

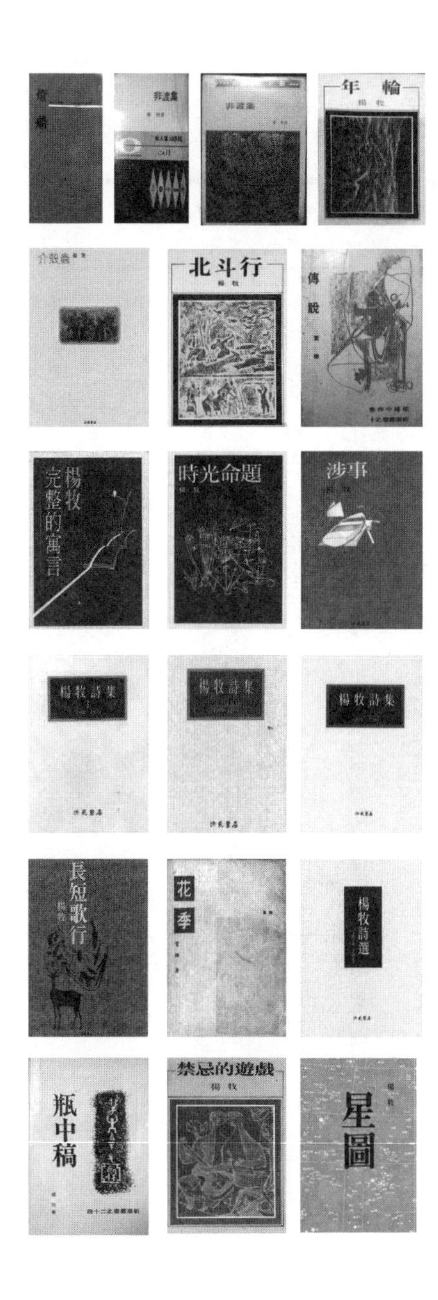

楊牧　事記

年份	事記
1940	生於花蓮，本名王靖獻。
1955	十五歲開始寫詩，投稿各報紙副刊及詩刊。受業於胡楚卿，又與花中學長陳錦標編輯《海鷗》詩刊，辦「文藝周刊」於《東台日報》和《更生日報》。
1959	擔任《創世紀》編輯委員。
1960	藍星詩社出版詩集《水之湄》。主編《東風雜誌》。九月。由歷史系轉外文系。
1963	出版詩集《花季》。大學畢業，並金門服役。
1964	受美國著名詩人保羅．安格爾（Paul Engle）邀請，入愛荷華大學英文系詩創作班。
1965	選修比較文學。學習德語。擔任《現代文學》編輯委員。
1966	由文星書店出版詩集《燈船》和《葉珊散文集》。獲愛荷華大學藝術創作碩士。
1969	出版自選詩集《非渡集》，收錄七十四首寫於一九五六至一九六六年間的作品。

1971 出版詩集《傳說》。獲柏克萊比較文學博士學位。

1972 筆名由「葉珊」改為「楊牧」，文風開始有顯著的變異。擔任《現代文學》第四十六期特約主編：「現代詩回顧專號」。

1975 出版詩集《瓶中稿》。出版《楊牧自選集》，收錄五十四篇散文、前言、年表與著作目錄。協助《聯合報》副刊，選刊現代詩投稿，提攜多位年輕詩人。

1976 出版散文集《年輪》。與葉步榮，瘂弦，沈燕士共同成立洪範書店（出版社）。擔任《文學評論》和「洪範文學叢書」編輯委員。

1977 出版散文集《柏克萊精神》。重印《葉珊散文集》。

1978 出版詩集《北斗行》。出版《楊牧詩集Ｉ：1956-1974》。

1979 出版詩劇《吳鳳》。出版文學評論集《文學知識》。獲中山文藝獎。與夏盈盈女士結婚。

1980 出版詩集《禁忌的遊戲》和《海岸七疊》。長子王常名出生。

1982 出版散文集《搜索者》。編輯《豐子愷文選》。

1984 出版文學評論集《文學的源流》。編輯《許地山小說選》。為《聯合報》撰寫每週專欄「交流道」，評論社會時事。

1985 出版《陸機文賦校釋》，雜文集《交流道》。編輯《許地山散文選》。

1986 出版詩集《有人》。

1987 出版自傳性散文集首部《山風海雨》，獲時報文學獎推薦獎，雜文集《飛過火山》。編輯《徐志摩詩選》。

1989 出版書信體散文《一首詩的完成》，獲選《中國時報》年度十大好書。與鄭樹森合編《現代中國詩選》兩冊。

1991 出版詩集《完整的寓言》。出版文學自傳第二部《方向歸零》。

1993 出版《疑神》。Joseph R. Allen英譯Forbidden Games and Video Poems: The Poetry of Yang Mu and Lo Ch'ing（《禁忌的遊戲與錄像詩篇：楊牧與羅青的詩》）出版。編輯《唐詩選集》。

1995 出版《星圖》，《楊牧詩集II：1974-1985》。十月，受東華大學邀請，籌組該校中國語文學系、英美語文學系以及人文社會科學院。

1996 返國擔任東華大學人文社會科學院院長（1996-2001）。出版散文集《亭午之鷹》，散文《下一次假如你去舊金山》。

1997 出版詩集《時光命題》。出版文學自傳第三部《昔我往矣》。編譯《葉慈詩選》，編輯《徐志摩散文選》。

1998 奚密（Michelle Yeh）與Lawrence R. Smith英譯楊牧詩集No Trace of the Gardener: Poems of Yang Mu由耶魯大學出版部出版。

2000 獲第四屆國家文藝獎，為文學類得主。擔任東華人社院院長任內籌劃之「創作與英美文學研究所」正式成立，並首創「駐校作家」制度。

2001 出版詩集《涉事》，文學評論《隱喻與實現》。

2002 出版文學評論《失去的樂土》。洪素珊（Susanne Hornfeck）與汪玨編譯中德對照詩集Patbeim Go（《和棋》）出版。張惠菁著《楊牧》（傳記）出版。

2003 《山風海雨》、《方向歸零》、《昔我往矣》三書合帙出版《奇萊前書》。《中外文學》發行「翻和：楊牧專輯」。

2004 Angel Pino與IsabelleRabut合譯法文作品集Quelqu'umm'interroge a propos de laverite et de la justice（《有人問我關於公理與正義的問題》）於巴黎出版。

2006 出版詩集《介殼蟲》，文學評論《掠影急流》。上田哲二編譯日文詩集《カッコウアザミの歌》（藿香薊之歌：楊牧詩集）由東京思潮社出版。

2009 出版自傳體散文《奇萊後書》。

2010 出版《楊牧詩集III：1986-2006》。政治大學台灣文學研究所舉辦「楊牧七十大壽國際學術研討會」，論文集《練習曲的演奏與變奏：詩人楊牧》出版。

2011 瑞典漢學家馬悅然（GöranMalmqvist）編譯中瑞文對照詩集Den GroneRiddaren（《綠騎：楊牧詩選》）出版。「他們在島嶼寫作——文學大師系列」楊牧文學紀錄片，溫知儀執導《朝向一首詩的完成》院線上映。

2012 獲美國紐曼華語文學獎（Newman Prize for Chinese Literature），為華文文學界首度以詩人身分獲獎的作家，亦是台灣第一位獲獎的作家。

2013 出版詩集《長短歌行》。汪珏、洪素珊德譯散文集Die Spinne, das Silberfischchen und ich（《蜘蛛蠹魚與我：楊牧的隨筆》）出版。「楊牧文學講座基金」成立。國立台灣文學館出版《楊牧：台灣現當代作家研究資料彙編50》。花蓮松園別館舉行第八屆太平洋詩歌節以「向楊牧致敬」為活動主軸。

2014 出版《楊牧詩選：1956-2013》。「楊牧文學講座基金」於東華大學舉辦「春天讀詩，讀楊牧」活動，七月頒發第一屆「楊牧文學獎」。趨勢教育基金會主辦「2014向楊牧致敬」系列活動。

2016 獲瑞典蟬獎。

圖片提供

頁011	李健儀繪圖
頁033	陳文發攝影
頁056	目宿媒體提供
頁065	目宿媒體提供
頁087	目宿媒體提供
頁103	目宿媒體提供
頁107	李健儀繪圖
頁117	羅珊珊提供
頁143	羅珊珊提供
頁153	羅珊珊提供
頁157	羅珊珊提供
頁163	目宿媒體提供
頁185	目宿媒體提供
頁230	目宿媒體提供
頁253	陳建仲攝影
頁268	陳建仲攝影
頁289	目宿媒體提供
頁328	目宿媒體提供

INK PUBLISHING 文學叢書 495
詩人的黃金存摺

作　　者　楊　照
總 編 輯　初安民
責任編輯　蔡俊傑
美術編輯　黃昶憲
校　　對　吳美滿　蔡俊傑　楊　照

發 行 人　張書銘
出　　版　INK印刻文學生活雜誌出版有限公司
新北市中和區建一路249號8樓
電話：02-22281626
傳眞：02-22281598
e-mail : ink.book@msa.hinet.net
網　　址　舒讀網http ://www.sudu.cc

法律顧問　巨鼎博達法律事務所
施竣中律師
總 代 理　成陽出版股份有限公司
電話：03-3589000（代表號）
傳眞：03-3556521
郵政劃撥　19000691　成陽出版股份有限公司
印　　刷　海王印刷事業股份有限公司

港澳總經銷　泛華發行代理有限公司
地　　址　香港新界將軍澳工業邨駿昌街7號2樓
電　　話　852-27982220
傳　　眞　852-27965471
網　　址　www.gccd.com.hk

出版日期　2016年 7 月　初版
ISBN　978-986-387-105-7
定價　360元

國家圖書館出版品預行編目資料

詩人的黃金存摺／楊照著；－－初版，
－－新北市中和區：INK印刻文學，2016. 07
面；14.8 × 21公分. --（文學叢書；495）
ISBN 978-986-387-105-7（平裝）
1.臺灣詩 2.新詩 3.詩評
863.21　105008963